出雲殺意の一畑電車

西村京太郎

双葉文庫

目次

出雲殺意の一畑電車

第一章　日本一長い名前の駅

1

一畑《いちばた》電車は、山陰《さんいん》地方で唯一の私鉄である。

地元の人や鉄道ファンから通称、畑電《ばたでん》と呼ばれる、この私鉄を簡単に紹介すると、次のようになる。

〈出雲大社《いずもたいしゃ》、松江《まつえ》、宍道湖《しんじこ》を旅する人には、最適な私鉄ローカル線が一畑電車である。宍道湖の北岸を走り、山陰の旅情に浸ることができる〉

一畑電車の最大の売り物は、やはり、宍道湖と出雲大社である。

出雲大社のほうは、以前はJRの大社《たいしゃ》線があって、出雲大社の参道の近くまでJRの列車が走っていたのだが、この線が廃止になってしまい、今、出雲大社の参道の入口までいく電車は、唯一、この一畑電車だけになってしまった。

観光には便利なのだが、地方の私鉄は、どこも経営が苦しい。一畑電車も例外ではない。

そこで、会社は少しでも赤字を解消し、黒字になるように、さまざまな企業努力をしている。例えば、女性アテンダントを使って、観光客のために車内放送をする。こんなふうにである。

「宍道湖は、周囲四十四キロ、全国七位の広さを持つ湖で、日本一のシジミの生産地としてしられています」

このほか、一畑電車では、運賃にプラスして三百円を払えば、自由に、車内に自転車を持ちこむことができる。

また、終点の出雲大社前駅には、観光客のためのレンタサイクルが並んでいる。

そのほか、松江の近くにある一畑電車の始発駅、松江しんじ湖温泉駅の前には、今流行《はや》りの足湯が用意されているし、観光客のために、千五百円の一日乗車券が売られている。

現在、一畑電車の営業キロ数は、松江から出雲市までの北松江《きたまつえ》線が三十三・九キロ、途中の川跡《かわと》駅から分岐して出雲大社までいく大社線が八・三キロ、合計四十二・二キロの路線に、二十六の駅がある。

その二十六駅のうち、正式な駅長がいるのが一駅、委託が八駅、そして、残りの十七駅は無人駅である。

そこで、一畑電車では、無人駅の一つに、名誉駅長を置くことにして、それを、募集することにした。

一畑電車の広報宣伝のためだから、思い切って、全国紙に募集広告を載せることにした。

また、十七駅ある無人駅の、どこの駅の名誉駅長をやってもらうかを考えた末に、ルイス・C・ティファニー庭園美術館前《ていえんびじゅつかんまえ》駅にすることにした。日本中の鉄道の駅のなかで、最も駅名の長い駅として有名になった駅である。宣伝としては、格好で、大きな話題を呼ぶだろうと、考えたのである。

地方の私鉄、あるいは第三セクターは、そのほとんどが経営的には赤字だが、それにもかかわらず、現在、鉄道の時代ともいわれている。そのせいか、あるいは、全国紙に、広告を載せたせいか、応募者は五百人を超えた。

その五百人という数に、ひとまず、会社はほっとした。少なくとも、応募者五百人には、一畑電車のことをしってもらえたと思ったからである。

会社にとって五百人の応募は嬉しいが、そのなかから、名誉駅長としてひとりを選ばなければならない。そこで、全員に自分が社長なら、経営の苦しい地方鉄道を、こうして立ち直らせてみせるというアイデアを、原稿用紙五枚で、書いてもらい、そのなかから選考することにした。

その結果、東京世田谷《せたがや》に住む五十二歳の田宮始《たみやはじめ》という男性が、選ばれた。

田宮の書いたアイデアの要旨は、次のようなものだった。

〈都会以上に、地方は今、少子高齢化が進んでいる。

そうなると、何よりも必要なのは、地方の交通確保である。地方の私鉄、例えば、一畑電車は、まずそうした使命感を持つべきである。

地域と密接に結びついていれば、鉄道が、滅びるようなことはあるはずがないのである。

つまり、地域の再生なくして、鉄道の再生もない。その覚悟を持って、営業を進めるべきで、その地方の歴史や文化、あるいは、観光を最大限に生かす必要がある。

その点、一畑電車は、歴史にも文化にも、めぐまれ、一畑電車が持っている鉄道遺産も豊富である。

水の都、松江があるではないか。宍道湖もある。そして、出雲大社があるではないか。これだけ、自然にも文化にも歴史にも恵まれている一畑電車が、再建できないはずはないのである〉

田宮始の原稿を一畑電車の幹部たちが読んで、一番気に入ったのは〈地域の再生なくして、鉄道の再生もない〉という言葉だった。

ほかの応募者の多くが〈歴史的遺産をもっと利用しろ〉とか〈観光にもっと力を入れるべきだ〉と書いていて、その鉄道のある地域の再生ということは、二の次、三の次になっていた。確かに、少子高齢化社会が進む地方では、地域の再生は難しいが、しかし、地域に根づかない私鉄は、再生が難しいことも事実なのだ。

その点、ずばりと〈地域の再生なくして、鉄道の再生もない〉と書いた田宮始という人物の考えが気に入ったのである。

田宮始は、年齢五十二歳、妻が三年前に病死し現在、独身と書かれてあり、娘がひとりいるが、その娘は、現在、ＯＬとして働いているという。

四月五日、書類選考に合格した田宮始に、一畑電車の出雲市駅まできてもらうことにした。

ＪＲ山陰本線の出雲市駅に隣接した駅で、一畑電車のなかでは最もモダンな、ガラス張りの駅舎である。

ここの応接室で、会社の幹部が、田宮始に会うことにした。一畑電車の社長と幹部三人の合計四人が、どんな男が現れるかと、期待しながら、田宮始がやってくるのを、待ち構えた。

約束の午後三時より五、六分前に、田宮始が、女性社員に案内されて、応接室に入ってきた。

「田宮です」

と、いいながら、椅子に腰をおろした男を見て、社長も幹部三人も、いい合わ

せたように、

「あれっ？」

「おやっ？」

という顔に、なった。

社長は、まず、一畑電車の印象を、きこうと思っていたのだが、その質問を忘れてしまった。その代わりに、

「もし、間違っていたら申しわけありませんが、私は、あなたのことを、何かの映画で、見たことがあるんですよ。映画に出ていらっしゃいませんでしたか？」

と、いった。

幹部三人も、口々に、

「私も、テレビドラマで、あなたを、見たことがある」

とか、

「テレビの『K子のお友だち』というインタビュー番組で見たことがある」

とか、いい始めた。

「そうだ。五年くらい前だったと思うのですが、ある映画祭で『愛の駅』という映画に主演し主演男優賞をもらった。そう、確か、お名前は二宮啓介《にのみやけいすけ》さん、とお

っしゃるのではありませんか？」

少し笑顔を見せながら、社長が、いった。

田宮が、苦笑している。

「ええ、そうですが、二宮啓介というのは、芸名ですから」

「名誉駅長になられたら、映画のほうは、どうなさるんですか」

「実は、十九歳から芸能界に入っていますから、かれこれ三十年も、芸能界で生きてきました。五十歳になった時に、もう、この世界からは足を洗いたい。引退したいと、所属する劇団には、申し入れていました。五十歳の時から二年間、今日まで、気ままな旅行をして、ひとりで、日本全国を回っていました。鉄道が好きなので、ひたすら、鉄道の旅でしたよ。これからは、できれば、好きな鉄道に関係した仕事をしたいと、思っていた時に、たまたま新聞で、こちらの募集広告を、見たので、飛びついてしまいました。ですから、二宮啓介という名前は忘れていただいて、田宮始というひとりの鉄道好きな、中年男として、私を採用していただきたいのです」

と、田宮始は、いう。

「もちろん、あなたのような、有名人にきていただけるのは、こちらとしても、嬉しいのですが、芸能界から、完全に引退することができたのですか？」

幹部のひとりが、念を押した。

「ええ、こちらから、通知をいただいた時にすぐ、所属する劇団や、関係のあるプロダクションには、芸能界を引退する旨《むね》を話して了解してもらっていますから、大丈夫です。何の問題もありません」

「そうですか、こちらも、それなら安心ですが」

と、足立《あだち》社長は、うなずいたあとで、

「実は、うちの会社は、各地の私鉄と同じように、赤字経営で悩んでいます。何とかして、乗客の数を増やしたいと考えています。それには、地元の人に、今以上に利用していただくのが一番いいのですが、より多くの観光客にもきてもらいたいんですよ。それでいろいろ考えて、今回、名誉駅長というのを募集したのですが、ですから、申しわけありませんが、あなたの芸名を、宣伝に使わせていただきたいのです。構いませんか？」

「うーん」

と、田宮は、小さく、うなってから、

「私も、一畑電車が好きで、応募したので、赤字解消に、少しでも、お役に立つのなら構いません。二宮啓介という名前をどんどん使ってくださって結構ですよ」

と、いった。

「そうですか。それをきいてほっとしましたよ」

社長は、嬉しそうに、にっこりした。

2

全国紙とテレビ番組で、このことが、大きく取りあげられた。

一畑電車の広報が、マスコミ各社に通知したのである。

〈一畑電車が募集していた名誉駅長に、有名俳優の二宮啓介さん、本名、田宮始さんが応募し採用された〉

そして、駅長の格好をした二宮啓介本名田宮始が、にっこり笑っている写真が、マスコミに配信された。

二宮啓介は、若い時は、美少年美青年で鳴らしたが、中年になってからは、演技と、優しい風貌で有名になった。

日本で一番父親になってほしい俳優として、ナンバーワンになったこともある。

もう一つ、これは、善し悪しは、わからないのだが、化粧が濃いことでも一部の人たちから指摘されていた。

田宮が、名誉駅長を務める駅は、ルイス・C・ティファニー庭園美術館前駅である。この駅は、始発駅の松江しんじ湖温泉駅の次の駅である。

その間の距離は、四・三キロしかない。そこで、一畑電車が用意したのは、松江市内のマンションだった。

そこから田宮は、毎日軽自動車で、駅まで通うことになった。

ルイス・C・ティファニー庭園美術館前という駅名は、日本一長い名前の駅ということで有名で、駅名の由来《ゆらい》となったルイス・C・ティファニー庭園美術館は、駅から南東へ歩いて五分ほどのところにある。

しかし、今まで、一日の平均乗降客は、わずかに百十四人という少なさだった。

田宮が最初にやったことは、駅名にふさわしく、ホームに花を飾ることだった。

一畑電車は、地方の私鉄がそうであるように、西武《せいぶ》鉄道や京王《けいおう》電鉄、あるいは、南海《なんかい》電気鉄道の車両を使っていて、マニアのなかには、その車両を見るために、一畑電車を訪ねてくるファンもいるという。

無人駅が多いので、自然にワンマンカー運転になってしまうのだが、それでも、松江しんじ湖温泉駅から出雲大社前駅まで直通運転をする特別列車「出雲大社号」が、一日二往復運行されている。

田宮が名誉駅長になって最初の日曜日、ルイス・C・ティファニー庭園美術館前駅には、その日一日で、千人を超す大勢の乗客がやってきた。正確には、千百六人である。

そのほとんどが、俳優、二宮啓介のファンだった。

そこで一日中、駅長姿の二宮は、ファンから一緒に写真に収まることを求められ、サインに追われた。そのなかには、娘のあずさ、二十五歳も、混じっていて、彼女は笑いながら、サインに追われている父親をカメラに、収めていた。

その日の夜、あずさは、松江市内の父親のマンションに泊まることになった。

「お父さんが、幸せそうだったので、ほっとしたわ」

と、あずさが、いった。

「当たり前だろう。正直にいうと、子供の時から、大きくなったら、駅長に、なりたかったんだからね」

「そういえば、亡くなったお祖父さんからきいたことがあるわ。お父さんは、子供の頃、いつも窓から首を出して、近くを走る電車をずっと見ていたって」

「そうなんだよ。電車を見ているだけで、嬉しかった。そういう子供だったんだ」

「五十二歳になって、その夢がやっと叶ったというわけ？」

「ああ、そうだ。四十年以上経って、やっと叶ったということだ」

「芸能界には、本当に未練はないの？」

「ああ、未練なんてまったくないね。とにかく、三十年もやってきたんだよ。五十歳をすぎてから、いい加減にこのあたりで、ほかの世界も見てみたくなっていたんだ。それならば、子供の頃からの憧れである鉄道関係がいい。そう思っていたら、あの募集広告を、見たんでね。これだと思って、応募したんだ」

「でもね、なかには、変なことをいう人もいるのよ」

と、あずさが、いった。

「変なこと？　いったい、どんなことを、いっているんだ？」

「二宮啓介は、逃げたんじゃないのか、そんなことをいう人がいるの」

「逃げたって？　私が、何から逃げたっていうんだい？」

「それは、よくわからないわ。芸能界から逃げたのか、東京から逃げたのか、そのあたりは、はっきりしないんだけど、とにかく、二宮啓介は逃げたっていう人が、いるんですって」

「そうだな。確かに、逃げたといわれれば、逃げたのかもしれないな。間違ってはいないよ」

田宮は、妙に、納得した顔になっている。

「お父さん、私、今度、休みを取るから、そうしたら、出雲地方を、案内してくれない？　名誉駅長さんだって、休みぐらいは取れるんでしょう？」

「実は、休みについては、まだ会社とは、きちんと決めてはいないんだ。だから、お前が休暇を取ってくるとき、それに合わせて、私も会社に頼んで、休暇を、もらうようにするよ」

と、田宮が、いった。

「このあたりの名物といったら、何なのかしら？」

「一畑電車が宣伝に力を入れているのは、水の都松江、宍道湖、それから、出雲大社かな」

「食べ物も、何かおいしいものがあるのかしら？」

「一番しられているものは、出雲そばだが、宍道湖の周辺には、宍道湖の七珍《しっちん》、七つの珍しい食べ物があるといわれている。シジミ、シラウオ、ワカサギ、ヨシエビ、スズキ、ウナギ、そして、コイだ」

「私の友だちに、歴史の好きな人がいてね、その人がいうには、松江だったなら、松江の七代藩主の松平《まつだいら》という殿様で、何でも不昧公《ふまいこう》というんですって。だから、その友だちと一緒にきたら、まず最初に、松江城を見てみたいわ」

と、あずさが、いった。

「その友だちというのは、男性か？」

田宮は、父親らしい質問をした。

娘のあずさは、笑ってばかりで、何も答えない。

（どうやら、男性らしい）

と、田宮は、勝手に思った。

夕食のあと、ウイスキーを飲み、寝床についてから、あずさがぽつりときいた。

「出雲地方って、綺麗な女性が多いのかしら？」

「どうかな？　出雲美人というのは、あまりきいたことがないが、でも、それがどうしたんだ？」

「お母さんが亡くなって、もう三年よ」

「だから、それがどうしたんだ？」

「娘の私が、お父さんの再婚を許してあげるわ。だから、いい人が見つかったら、結婚してもいいわよ」

と、いったあと、あずさは、田宮が、何度話しかけても、寝たふりをしてしまった。

3

田宮の駅長姿を写真に撮ったり、サインをねだる、田宮目当ての乗客の姿も、少しずつ減っていった。

七月の末になると、そうしたファンも、あまり姿を見せなくなり、ルイス・

C・ティファニー庭園美術館前駅に降りる客も、ほとんどが、それまでの地元の人間や、純粋な観光客になっていった。その代わりのように、田宮が育てた花々が、ホームに咲き誇るようになった。そのことをマスコミが取りあげたので、また、この駅にくる乗客の数は、少しずつ増えていった。

七月末になると、梅雨が明けて、朝から暑い日差しが降り注ぐようになった。

七月二十八日。この日の午前九時頃、ホームには、若い男と、子供を連れた中年の女性の、三人の乗客がいるだけだった。

電車がきて、親子連れが乗っていったが、若い男は乗らずに、なぜか駅舎に残っていた。三十歳くらいの、背の高い男である。

プロ用のカメラを持っていて、駅長の田宮に向かって、

「すいませんが、写真を撮ってもいいですか？」

と、きいた。

「ええ、構いませんよ」

「それなら、そこの駅の表示板のところに立ってもらえませんか？　駅名を入れて撮りたいので」

と、いう。

田宮は、自分が一畑電車の名誉駅長になったのは、宣伝のためだと思っているから、いつも乗客には優しく、親切だった。この日も表示板の前に立って、駅長の帽子を直したりしていると、男が、カメラを向ける。

シャッター音がする。

「すいません。もう一枚」

と、男が、いう。

次の瞬間、田宮の顔色が、変わった。

男が、いきなり、拳銃を取り出したからである。

(オモチャかな?)

と、田宮は、一瞬、思った。

だが、それはオモチャではなかった。

男が引き金を引き、銃声が轟き、田宮の体が、その場に崩れ落ちた。

田宮の死体が発見されたのは、次の電車が、ホームに着いた時だった。

乗客のひとりが、大きな声をあげると、運転士が、ホームに飛び出してきて、倒れたまま動かない田宮の体を抱き起こした。

夏服の駅長服の胸のあたりから、血が流れ出ていた。

運転士がすぐ、本社に電話をかけた。

乗客のひとりは、自分の携帯電話を使って、救急車を呼んだ。

4

小さいが、日本一長い駅名のホームが、救急隊員と、パトカーで駆けつけてきた警官と、本社幹部とでごった返した。

胸を二発撃たれた田宮が、すでに死亡していることがわかると、救急車は帰り、その代わり、島根《しまね》県警から捜査一課の刑事が、パトカーと鑑識を連ねてやってきた。

島根県警の捜査一課の横山という警部と、四人の刑事、そして三人の鑑識である。

横山は、胸を撃たれて死んでいる駅長のことを、前から、しっていた。今は本名の田宮始だが、二年前まで、二宮啓介という芸名で、俳優だったことも、一畑電車が名誉駅長を、募集した時に応募したことも、一畑電車の宣伝に、一役買っていることもしっていた。

横山は、子供の時、一畑電車の沿線に住んでいた。現在は、結婚して、松江市内のマンション暮らしだが、一畑電車には、今も親しみを感じていた。

刑事のひとりが、血で汚れた駅長服の胸ポケットから一枚の名刺を発見して、横山のところに持ってきた。そこには、

〈五十嵐《いがらし》昭《あきら》〉

という名前があった。

住所を見ると、

〈東京都中野《なかの》区中野《なかの》×丁目×番地　コーポ中野三〇五号〉

とあり、電話番号も書かれている。

名刺の裏を見ると、そこにはサインペンで、

〈くたばれ。一畑電車〉

と、乱暴な字で、書かれてあった。

横山は、しばらく、その文字を見つめていた。

部下の刑事たちに、死体の周辺を捜させたが、薬莢は見つからなかった。

どうやら、犯人が持ち去ってしまったらしい。

目撃者もいなかった。横山たちが駆けつけてきた時、ホームには、三人の乗客

がいたが、三人とも、田宮始が撃たれたところは見ていなかった。

彼らがワンマンカーで、この駅に着いた時には、すでに襲撃は終わっていて、犯人も、姿を消していたのである。

松江警察署に捜査本部が置かれることになり、田宮始の遺体は、司法解剖のために、大学病院に運ばれていった。

その日の午後六時に、第一回の捜査会議が開かれた。

捜査の指揮を執ることになった横山が、捜査本部長の白石に、今回の事件について説明した。

「まだ、司法解剖の結果が出ておりませんので、はっきりしたことは、わかりませんが、死体には、二発の銃弾が命中しています。かなり、出血していて、おそらく、出血多量による、死亡だと思われます。目撃者もなく、現場から犯人のものと思われる遺留品も見つかっていませんし、薬莢も発見されていません。唯一の遺留品と思われるものが、この名刺です」

横山は、五十嵐昭という名前の書かれた名刺を取り出して、白石本部長に渡した。

「この名刺が、殺された田宮始の駅長服の胸ポケットから、見つかりました。名前は、五十嵐昭です。東京の住所と、電話番号が書かれてあったので、念のため、電話してみましたが、相手が出る気配は、ありませんでした。それから、裏には〈くたばれ。一畑電車〉と書かれてありますが、その文言が、今回の殺人事件と、何か関係があるのかどうかは、わかっておりません。また、その名刺から指紋は採取されていません」

「この名刺だが、田宮始を殺害した犯人が、置いていったものかね？　それとも、前から田宮始が、持っていたものかね？　その点はわかっているのかね」

白石本部長が、きいた。

「その点も、まだわかっておりません」

「しかし、被害者の指紋がついていれば、田宮始が、殺される前から、持っていたものと、断定してもいいんじゃないのかね？」

「しかし、今申しあげたように、指紋は採取されませんし、そうかといって、犯人が、置いていったものと、断定することもできません。被害者、田宮始は、名誉駅長の服装をしていて、白手袋をはめていましたから、彼が触ったとしても、指紋がつくことはありませんから」

と、横山が、いった。

5

「次は、被害者の田宮始について、ご報告します。田宮始は、本部長もご存じだと思いますが、当地では、有名人です。一畑電車が、広報活動の一環として、名誉駅長を、募集したところ、田宮始が応募してきました。これも、よくご存じのように、田宮始は、二宮啓介という芸名で、俳優として、二年前まで三十年間、映画やテレビで活躍していました。一畑電車の説明によりますと、五十歳の時に、俳優業を、引退し、その後二年間、旅行を、楽しんでいたようですが、五十二歳の現在、一畑電車の名誉駅長の募集に応募して、三カ月前、一畑電車のルイス・C・ティファニー庭園美術館前駅の名誉駅長に、なりました。三十年間、芸能界の第一線で、活躍してきた人だけに、有名人でもあり、一畑電車は、彼のおかげで、広報活動に成功したといわれています。田宮始は、妻を病気で失い、現在は独身ですが、最近は、とくに決まった女性はいないようです。また、亡くなった奥さんとの間には、あずさという、二十五歳の娘がいて、彼女は現在、東京でＯＬとして働いています。彼女には、すでに、事件のことは電話でしらせてあります。田宮始の現在の住所は、松江市内のマンションで、これは、彼が名誉駅長に就任する際、一畑電車が用意したものです。田宮始は、名誉駅長になってからの三カ月間、一畑電車によれば、大いに広報活動に貢献してくれていたと、称賛しています。かなり有名な俳優だったので、週刊誌やテレビが彼にインタビューをして、なぜ、三十年間の芸能生活に、ピリオドを打って、地方電鉄の名誉駅長になったのかときいたり、あるいは、東京のテレビ局などが取材にきた時などは、大いに一畑電車の宣伝をしたそうです。そのほかにも、彼は、名誉駅長として、いろいろとやっていたようですが、その一つが、ここに持ってきた、このノートです」

と、いって、横山は、一冊のノートを白石本部長に渡した。

「これは、ルイス・C・ティファニー庭園美術館前駅の駅舎のなかに置いてあったもので、そのノートは、田宮始が『旅の思い出』と名づけ、駅を訪れた人に、一畑電車に乗った感想や駅の印象などを自由に書いてもらっていたそうです。先ほど、ざっとなかに目を通してみましたが、三カ月間で、かなりの人が、そのノートに感想を書きこんでいます。今のところは、事件に直接結びつくような書きこみは見つかっていませんが、今回の事件に、関係のありそうな記述があるかどうかは、これからじっくりと、調べてみたいと思っています」

「それで、犯人像は、描けているのかね？」

と、白石本部長が、きいた。

「今、それで悩んでいます」

「というと？」

「被害者が、地元の人間で、駅長を務めていたのだとすれば、この島根での生活が、殺人の動機だろうと想像できるのですが、田宮始の場合は、少し違っています。彼は、名誉駅長の募集で採用され、東京から、こちらにやってきて、三カ月の間、一畑電車の名誉駅長として働いています。わずか三カ月ではありますが、多くの乗客を集めていますから、その三カ月間に、殺人の動機が、あるかもしれません。しかし、彼は、もともと、地元の人間ではありませんし、何しろ、東京で、三十年間、俳優としての生活を送ってきた人間です。その三十年間の、俳優生活のなかに、殺される理由があることも、充分に考えられるのです」

「つまり、本名の田宮始として殺されたのか、それとも、俳優の二宮啓介として殺されたのかということだな？」

「そのとおりです。それをまず、考えるべきだと、思っています」

「だとすると、東京での三十年間の俳優生活については、警視庁に、捜査協力依頼をしたほうが、いいかもしれないな」

と、白石本部長が、いった。

6

警視庁捜査一課の十津川は、本多捜査一課長に呼ばれた。

「ついさっき、島根県警から、向こうで起きた殺人事件についての、捜査協力依頼があったよ」

「その殺人事件のことは、しっていますが、私は、現在、東京の中野で起きた殺人事件の捜査中ですが」

十津川が、いうと、本多は、

「それは、わかっている。だからこそ、君を呼んだんだ」

と、いった。

一瞬、十津川にはその意味がわからず、黙っていると、本多は、続けて、

「島根県警からの捜査協力依頼は、第一に、一畑電車の駅で、殺された田宮始と

いう男のことだがね。君もしっているように、二宮啓介という芸名で、三十年間、俳優として芸能界で生きてきた人間だ。その男が、俳優を引退して五十二歳の時に、一畑電車の名誉駅長募集に応じて、名誉駅長になった。それから、三カ月が経った今、突然、何者かに、射殺されてしまったというんだ。島根県警としては、殺人の動機が、三十年間の東京での芸能生活に、あるのではないか？　そう考えて、その捜査協力をこちらに依頼してきたのだが、同時に、五十嵐昭という男の、捜査依頼もしてきたんだよ。東京の中野に住所のある、五十嵐昭という男だ」

本多の、その言葉で、十津川の目が、鋭くなった。

「わかりました。五十嵐昭は、現在、私たちが捜査中の仏さんです」

五十嵐昭、三十歳。独身。

四日前、中野の自宅マンションの室内で殺されていて、十津川班が、その捜査に当たっていた。

五十嵐昭は、ノンフィクションライターとして、最近、めきめきと名前が売れてきて、去年の十月、N出版社のノンフィクション賞で、大賞を受賞している。

現在の日本の置かれている政治課題や社会問題、それを緻密な取材をして、鋭い切り口で書きあげているライターで、その多くの作品のテーマは、現代人の孤独である。

去年、大賞を受賞した作品の題名も「孤独であることは罪か？」というもので、孤独で介護を必要とする老人を収容する施設のことを、書いたものだった。

現在、十津川の机の上には、五十嵐昭が書きあげた本が四冊、置かれている。

五十嵐昭が、これまでに書いた四冊の本のなかに、彼が殺される理由が隠されているのではないのか？

そう思って、十津川は読んでいるのだが、まだこれといったものは見つかっていなかった。

7

十津川は、捜査本部に戻ると、島根県警から捜査協力依頼のあった、二宮啓介こと、田宮始の周辺について調べるように、西本と日下の二人の刑事に頼んだあと、亀井刑事に向かって、

「カメさん、明日、松江にいってみようじゃないか？」

と、いった。

翌日、十津川たちは、羽田から松江に飛んだ。

空港には、あらかじめ島根県警に連絡をしておいたので、横山警部が、パトカーで迎えにきてくれていた。

松江警察署に置かれた捜査本部に着くと、十津川はまず、捜査本部長の白石に挨拶し、亀井刑事を紹介したあと、

「こちらから依頼のあった、二宮啓介ですが、現在、二人の刑事が捜査をしていますので、何かわかれば、こちらに、報告してくるものと思われます」

と、いい、二宮啓介が四十五歳の時、ある映画賞の主演男優賞をもらったことを機に、それまで溜めてあったエッセイをまとめて本にしていたので、それを白石本部長に渡した。

そのあとで、十津川は、

「こちらからもうひとり、五十嵐昭という男について調べてほしいという依頼がありました。実は、この五十嵐昭は、五日前に、東京の中野の自宅マンションで、死体で発見されました」

「五日前に死んでいる？　それは、本当ですか？」

「頭を殴られ、そのあとで、首を絞められていましたから、事故死ではありま

せん。明らかに何者かによって殺されたものです。この殺人事件を、私たちが、現在、捜査中です。突然、こちらから五十嵐昭という名前をしらされて、びっくりしたのです。なぜ、こちらから私たちに、五十嵐昭についての捜査依頼されたのか、それを、教えていただきたいと思って、いるのです」

と、十津川が、いった。

十津川の言葉に、白石本部長も驚いた顔になって、横山に向かって、

「君のほうから、五十嵐昭について、十津川さんに説明しなさい」

と、いってくれた。

その後、横山警部との話になった。

「殺された田宮始の着ていた名誉駅長の制服の、その胸ポケットに、五十嵐昭の名刺が、入っていたんです」

横山は、その時に見つかった名刺を、十津川の前に置いた。

そのことは、島根県警から送られてきた、警視庁に対する捜査協力依頼の書類のなかに書いてあったので、十津川は東京から、殺された五十嵐昭が使っていた名刺を、持ってきていた。それを横山の前に置いた、被害者の持っていた名刺の横に、並べた。

二つを比べると、まったく同じものだった。

「この名刺は、五十嵐昭が、殺される直前まで使用していたものです。彼のマンションの机の引き出しに入っていました。比べてみると、まったく同じものですね」

「問題は、この名刺の裏に書かれていた文言なんですよ」

と、いって、横山は、名刺の裏を、返して見せた。

〈くたばれ。一畑電車〉

と、サインペンで、乱暴に書かれてある。

十津川は、五十嵐昭のマンションから見つかったメモを取り出して、そこに書かれてある文字と名刺の裏の文字の筆跡を比べてみた。

「違いますね」

横山が、十津川の言葉を待たずに、いった。

鑑定をするまでもなく、筆跡は誰が見ても明らかに、違って見えるし、その上、五十嵐昭が、普段、メモを取っていた筆記具は、サインペンではなくて、もっと細いボールペンだった。確か、五十嵐昭の書いたもののなかには、サインペンで書いたものは、なかったような記憶が、十津川に、あった。

「そうなると、この五十嵐昭の名刺の裏に『くたばれ。一畑電車』という文言を書いたのは、五十嵐本人ではないということになりますね？」

「ということは、犯人が書いたものですかね？」

横山警部が、あまり、自信のなさそうな声で、いうと、十津川が、

「二宮啓介こと、田宮始を殺した犯人がですか？」

「そうですが」

「いや、それは、違いますね」

「どうしてですか？」

「もし、犯人が書いたものなら、おそらく『くたばれ。田宮始』とか『くたばれ。二宮啓介』と書くはずだと思います。普通に考えると『くたばれ。一畑電車』とは書かないのではないかと思うのですが」

「しかし、犯人は、熱狂的な二宮啓介のファンで、好きな俳優だった二宮啓介を、一畑電車に奪われてしまったと、そんなふうに考えて、一畑電車を、逆恨みしたのかもしれませんよ」

と、横から、亀井が、いった。

「二宮啓介のファンなら、本人を、殺すだろうか？」

十津川が、首をかしげる。

「いわゆる、可愛さ余って憎さが百倍ということじゃないんですか？　だから、犯人は二宮啓介を拳銃で撃ち殺しておいてから、こんなことになったのは、二宮啓介を、名誉駅長にして、小さな駅に閉じこめた一畑電車が悪い。そう考えて、この名刺の裏に『くたばれ。一畑電車』と書いて、殺した二宮啓介の胸ポケットに入れておいたのかもしれませんよ」

「そうだとしても、なぜ、五十嵐昭の名刺の裏に書いたんだ？」

「ほかに書くものがなくて、たまたま持っていた五十嵐昭の名刺の裏に書いたんだと思いますが」

「五十嵐昭というのは、どういう人物なんですか？」

横山が、口を挟んだ。

十津川は、東京から持ってきた五十嵐昭の書いた四冊の本を、横山の前に、置いた。

「五十嵐昭は、今年で三十歳になる、独身の男性です。ノンフィクションライターとして、新聞や雑誌に、寄稿していますが、主に、現在の日本の社会問題をテーマに、鋭い切り口で書くということで、かなり有名なライターです。作品も、大きな賞をもらっています。この四冊が、今までに彼の書いた本ですが、こちらから照会があったので、四冊全部に、目を通してみましたが、一畑電車に関して書いたものは、ありませんでした」

と、十津川が、いった。

「やっぱり、名刺の裏の文言は、五十嵐昭が書いたものではありませんね」

と、横山は、自分に、いいきかせるようにいったあとで、

「しかし、書いたのが、五十嵐昭ではないとすると、かえって犯人は、一畑電車に強い恨みを持っている人間ということも、考えられてきますね」

とも、いった。

8

「確か、殺された田宮始は、一畑電車から松江市内のマンションを、用意されて、住んでいたようですから、そこに、案内してもらえませんか?」

と、十津川が、いった。

「私も、もう一回、あのマンションを、調べてみたいと思っていたところです。すぐ、ご案内しましょう」

横山は、マンションまでパトカーで案内してくれた。

宍道湖に面した八階建てのマンションだった。エレベーターで、最上階の八階まであがる。その八階の宍道湖に面した八〇二号室が、この三カ月間、田宮始が、ひとりで、住んでいたという部屋だった。

2LDKの部屋に入ると、閉め切ってあったせいか、さすがに暑い。横山が、クーラーをつけた。

家具は、不揃いだった。新しいものもあれば、古いものもある。古いものは、東京からこちらに、送ってきたものだろう。新しいものは、この松江で、新たに、買ったものかもしれない。

殺された田宮始は、俳優の時代から旅行とカメラが、趣味だと、何かの雑誌に、書いてあったのを、十津川は、覚えていた。それだけに、部屋のなかには、こちらにきてからの三カ月間に撮ったと思われる、宍道湖や出雲大社の写真が、パネルにして、何枚も飾ってあった。

「田宮始の遺体は、今、どうなっているんですか？」

十津川が、横山に、きいた。

「司法解剖が終わったので、明日、遺族に返されます。その後、唯一の肉親の娘さんが、こちらに見えているので、荼毘《だび》に付され、娘さんが、遺骨を持って、東京に帰られると思っています」

横山が、答える。

十津川は、明日、こちらで、田宮の娘、あずさに、会うことにしたいと考えた。

今日は、泊まることにして、松江市内に旅館を取ってもらった。

翌日、娘の田宮あずさも参列して田宮始の葬儀が、松江市内の寺で、おこなわれた。

葬儀は、盛大だった。一畑電車の社長や幹部も、参列したし、社員たちも参列し、そのほか、どこでしったのかはわからないが、俳優、二宮啓介のファンと思われる男女百人が、各地からやってきて焼香した。

県警の横山は、ビデオカメラを使って、参列する人間をひとり残らず、撮りまくっていた。犯人が、一畑電車のことを、恨んでいるのか、それとも二宮啓介こと田宮始個人を恨んでいるのかはわからないが、いずれにしても、盛大になった葬儀に、紛れこんでいる可能性がある。横山は、そう考えていたのだ。

葬儀のあと、田宮始の遺体は、荼毘に付され、娘のあずさが、遺骨を抱いて、翌日、東京に帰ることになった。

一畑電車が、彼女のために、松江市内にホテルを用意し、そのホテルで、横山は、十津川たちも交えて、亡くなった父親について話をきくことになった。

「お疲れになっているでしょうから、もし、しんどかったら、遠慮なく、そういってください」

と、横山は、断ってから、あずさに、向かって、

「私が、田宮さんについて、しっていることは、それほど、多くはありません。一畑電車が、広報活動の一環として、一般の人たちのなかから名誉駅長を、募集するという広告を全国紙に出したところ、五百人を超す応募が、ありました。そのなかで『地方鉄道について』という題で書かれたもので、一番よかった人を、選ぶことにして、田宮さんをこちらに呼んだところ、俳優として有名な二宮啓介さんとしって、一畑電車の社長も幹部も、みんな驚いたといっています。その後、三カ月間、田宮さんは、ルイス・C・ティファニー庭園美術館前駅の名誉駅長として一畑電車の宣伝に尽くされました。田宮さんというか、二宮さんが、名誉駅長になってくださったおかげで、宣伝効果があり、乗客も増えたと一畑電車の社長や幹部も、田宮さんのことを高く評価しています。それなのに、突然、田宮さんは、何者かに、殺されてしまいました。犯人像は、今のところ、まったく

摑めておりません。名誉駅長としての田宮さんは、一生懸命に駅長としての職務をまっとうされ、いつも笑顔で、彼が俳優の二宮啓介だとしって、サインをもとめてくる観光客がいれば、いつでも、喜んでそれに応じ、一緒に、写真に収まっておられました。この一畑電車では、間違いなく人気者でしたよ。それなのに、どうして、誰がいきなり撃ったのか？　誰もが、不思議に思っています。田宮さんのことを、恨んでいる人間がいるなどと、誰も思っていませんでしたからね。これが、私のしっている田宮さんについての、わずかな、知識なんですが、娘さんから見て、もっと違った、田宮さんの姿はありましたか？」

「これは、亡くなった母にきいたことなんですけど、若い時の父は、かなり、気難しい俳優だったそうです。無名の俳優なのに、監督さんと、喧嘩をして仕事を干されてしまい、母が監督さんのところにいって、謝まったなんていう話も、きいたことがあります。ただ、四十歳頃になってからは、性格も丸く穏やかになったと、母はいっていました。母が亡くなったあと、父は時々、三十年も俳優をやってきたが、そろそろ、このあたりで俳優以外の別の生き方を、したくなってきた。そんなことを、いっていました。二年前の五十歳の時、自分の所属する劇団や、関係しているプロダクションに、引退したい旨の、手紙を書いていたのは、しっていました。そんな時に、新聞で一畑電車が、名誉駅長を募集しているとしって、父は、すぐ応募したんです。父は、昔から旅行と鉄道が好きで、一畑電車にも乗ったこともあったと思いますけど、一畑電車についての詳しい話を、父からきいたことは、一度もありません」

「田宮さんは、東京の生まれ、東京の育ちですね？」

と、十津川が、きいた。

「ええ、生まれたのは、東京の世田谷《せたがや》で、高校を出るとすぐ、十九歳で、映画界に入りました。スカウトされたときききましたが、詳しいことは、わかりません」

「東京育ちなのに山陰の小さな私鉄で、働くことに、不安は、なかったんでしょうか？」

「それはわかりませんけど、少なくとも父が自ら望んで一畑電車に、いったことだけは、間違いないんです。名誉駅長をやることになったといって、とても張り切っていましたから」

「田宮さんが、一畑電車の名誉駅長になるということは、新聞もテレビも報道しました。そのことで、山陰にはいくなとか、一畑電車には、協力するなとか、あるいは、俳優をやめるなといった電話とか、手紙がきたというようなことは、ありませんでしたか？」

「わかりません。父は、そういうことを、話さない人でしたし、もし、そういう電話なり、手紙なりがあったとしたら、父は、私に、心配をかけまいとして、話さなかったと、思いますから」

と、あずさが、いった。

翌朝、十津川と亀井が、田宮あずさと一緒に東京に帰ろうとしていたところに、横山警部から、十津川の携帯電話に、連絡が入った。

「ルイス・C・ティファニー庭園美術館前駅にきてくれませんか？　一つ、発見があったんです」

と、横山が、いう。

十津川は、亀井を、あずさと同じ飛行機で帰らせ、自分は、ひとりで駅に向かった。

駅には乗客の姿はなく、横山警部がひとりで、十津川を待っていた。

「どんな発見があったんですか？」

十津川が、きくと、横山は、ホームにある小さな駅舎に、十津川を招じ入れた。

「ここです」

と、いって、横山が、指さした駅舎の壁を見ると、確かに、何か、強い力で擦ったような跡があった。

「この駅を利用する乗客から、捜査本部に、電話があったんですよ。いつものように朝早くこの駅にきたら、名誉駅長の田宮さんが、一生懸命に雑巾《ぞうきん》を使って、このあたりを、拭いていたというのです。気になったので『何かあったんですか?』ときいたら、田宮さんは笑って『変な落書きをする人がいるんで、困っているんですよ』そういって、なおも熱心に、濡れた雑巾で、壁を拭いていたというのです」

十津川が、目を凝らすと、確かに、何か数字のようなものを、消した跡があった。かすかに、その痕跡が残っている。

「十津川さんがこられるまで、ここに、いったい何が、書かれてあったのか、それを一生懸命に考えていたのですよ。わずかですが、消されずに残っている部分がありますからね」

横山が、いい、

「私には、何か数字のように見えますね」

と、十津川が、いった。

「そうですか、十津川さんにも、数字のように見えますか？」

「ここで、田宮さんが一生懸命に落書きを消していたというのは、いつのことなんですか？」

「電話をしてきた男の話では、殺される一週間前だったといっています」

「田宮さんが、殺されたのは、七月二十八日でしたね？」

「そうです」

「ひょっとすると、ここに書かれていたのは『７２８』という数字じゃなかったんですかね？　そんな気がするのですが」

と、十津川が、いった。

「確かに、残っている黒い部分をじっと見ていると『７２８』という数字に見えないこともありませんね。いや、確かにこれは、十津川さんのいうように『７２８』ですよ。間違いないですよ」

と、横山も、いった。

もし、駅舎の壁に書かれていた落書きが「７２８」という数字だったとすれば、何者かが、七月二十八日を意味する数字として、それを書いたのかもしれない。七月二十八日に、お前を、殺すぞと予告するようにである。

第二章　犯人像

1

駅舎の壁に書かれ、それを、殺される一週間前に、田宮始が濡れた雑巾で拭いていたという落書きの文字が、果たして「728」という数字なのかどうかは、今のところ、断定はできない。

書かれた数字か、文字かはわからないが、わずかに残っているのは、上の部分だけである。ただ、その部分が、漢字の一部とは、思えなかったから、おそらく数字と考えてもいいだろう。

しかし「728」なのか「733」なのか、どちらとも、読めそうな曖昧なものだった。

「殺される一週間前に、ここで、田宮さんが、落書きを拭いているところを目撃して、そのことを、横山さんに連絡してきた人物がいるそうですが、会うことができますか？」

十津川が、きいた。

「もちろん、会えますよ。いつ、ここに、くることができるか、電話できいてみますよ」

と、横山が、いってくれた。

二十代後半だというその男は、出雲市内にある出雲そばの店で、働いているという。

「確か、一畑電車の終点が、出雲市駅でしたね？」

「そうです。彼は毎日、ここから終点の出雲市駅まで、通っているんです」

横山は、携帯電話を使って、その店に電話をかけた。

「店が午後七時まで営業しているので、それまでは、こちらにはこられないそうです」

残念そうに、横山がいうのへ向かって、十津川は、

「それなら、こちらから、訪ねてみますよ。私も、名物の、出雲そばを、食べて

みたいですから」

「それなら、私がご案内しましょう」

横山が、いった。

二人は、出雲市駅行の、ワンマンカーに乗った。

その途中、横山が親切に、車窓に広がる景色を説明してくれた。

走り出してすぐ、車窓には、宍道湖の湖面が見えてくる。ひとり乗りの小さな小舟が二隻、三隻と、湖面に浮かんでいた。

「シジミ採りの舟ですよ」

と、横山が、説明する。

「以前、宍道湖では、シジミが昔ほど採れなくなったと、そんな話をきいたことがあるのですが」

と、十津川が、いった。

「そうなんです。この宍道湖は、隣の中海《なかうみ》とも繫がっていて、さらに、その中海が、海と繫がっていましてね。海水と淡水が微妙に混じりあった汽水湖《きすいこ》で、それでシジミが採れるんですが、淡水化計画が実行されてから、シジミが採れなくなってしまいました。最近やっと淡水化計画が、中止になったので、これからまた、シジミがたくさん採れるようになるだろうと、皆さん、期待しているんですけどね」

と、横山が、いった。

宍道湖の湖面が見えなくなって、一畑口《いちばたぐち》という駅に、着いた。

面白いことに、ここでは、スイッチバックが見られるのだが、普通のスイッチバックとは少しばかり違っていた。

普通の鉄道のスイッチバックというと、登りが急で、列車が、急な斜面を、一気に登ることができないので、スイッチバックの形にして、ジグザグに登っていく。そのためのスイッチバックなのだが、この一畑口で見る限りでは、急な登り坂は、どこにも見当たらなかった。それなのに、スイッチバックである。

「それが面白いというので、鉄道マニアのなかには、わざわざ写真を撮るために、一畑電車に乗って、一畑口まで、やってくる人もいるんですよ」

横山が、笑顔で、いった。

彼の話によると、この一畑口駅の、さらに先のほう、一畑山の山頂に、眼病に効くといわれる一畑薬師《いちばたやくし》がある。

一畑電気鉄道は、昭和初期に、開設された鉄道だが、その頃は、一畑薬師にいくための電車だった。そのため、当時の線路は、現在の、一畑口駅の、さらに三・三キロ先まで延びていて、そこに、駅があり、そこから降りた人々が、一畑薬師に参詣していたのだという。

その後、三・三キロの部分が消え、代わりに路線は、松江や出雲大社まで延びていった。

一畑口駅は、昔の名残で、全体から見ると、ここだけ少し奥に、引っこんだ形になっている。そのため、どの電車も、いったん一畑口駅に入り、方向転換して進むことになった。そのためのスイッチバックだと横山が、教えてくれた。

十津川の、頭のなかにあるスイッチバックとは、少しばかり形が違っているが、これはこれで、面白いと思った。

その後、二人の乗った電車は、終点の出雲市駅に、到着した。

横山警部に案内されたのは、出雲市内でも、有名な、観光客が、よく訪れる出雲そばの店だった。ちょうどお腹も空《す》いていたので、十津川は、横山と出雲そばを注文して、まず食べることにした。

普通のそばよりも、やや、色の黒い、硬めのそばである。三段重ねになっていて、それに上から、汁をかけて食べていく。

店に、客の姿がなくなった頃を見計らって、横山が、問題の店員を、呼んでくれた。二十五、六歳に見える、小柄な男である。

「こちらは、東京からこられた警視庁の、十津川警部」

横山が、紹介したあとで、十津川が、男に向かって、

「あの駅で、名誉駅長の、田宮始さんが駅舎の壁に書かれていた落書きを、拭いているのを見たそうだが、いつのことだったのかな？」

「いつものとおり、午前十時に、あの駅にいったら、駅長さんが、駅舎の壁に書かれている絵だか、字だかの落書きを、濡れた雑巾で一生懸命になって、拭き取っていたんです」

「それから？」

「それで、駅長さんに、どうしたんですかときいたら、駅長さんが『こんなつまらない落書きをする人がいるんで、困っているんだよ』そういって、一生懸命に、拭いていました」

「そこに、何が書いてあったか、覚えているかね？」

「私が見た時には、あらかた消されてしまっていたので、何が書いてあったのかは、わかりませんでした」

「君は、駅長に、きいたんじゃないのか？」

「ええ、ききました。『何が書いてあったんですか？』って、もう一度ききましたよ」

「駅長は、何と答えたんだ？」

「『何の意味もない、つまらないことが書いてあったよ』としか、答えてくれませんでした。それで、僕は『一畑電車の悪口でも書いてあったんですか？』と、きいたのです。そうしたら、駅長さんは『いや、一畑電車とは、何の関係もないことだよ。不愉快だから消してしまうんだ』といっていました。その後、すぐ電車がきたので、僕は、それに、乗ってしまったので、あとのことは、何もわかりません」

若い男が、いった。

「私は、あなたと、駅長との正確な言葉のやり取りをしりたいんだ。もう一度、念のためにきくんだが、駅長はその時、一畑電車とは関係のない落書きだといったんだね？」

「そうですよ。僕が『一畑電車の悪口ですか？』と、きいたら『いや、一畑電車とは、何の関係もないことだ。不愉快だから消してしまうんだ』と、駅長さんはいったんです」

「駅長は、ほかに、何かいったんじゃないのか？　例えば、恥ずかしい落書きだとか、下品な落書きだとかだが」

「いいえ、そういうことは、何も、いいませんでしたよ。僕が覚えているのは『一畑電車の悪口ですか？』と、きいたら『一畑電車の悪口じゃない』と、駅長さんは、はっきりと、いったんです。その言葉は、よく覚えていますよ。『不愉快だから、消してしまうんだ』とも、いっていました。それも、よく覚えています」

「一畑電車の場合だが、駅に、落書きをするような人がいるのかね？」

「観光客が多くなって、時々、そんなことをする困った人がいるんです。一畑電車に乗った記念に、自分の名前とか、日付を、書いたりする人もいますね」

と、店員が、いった。

しかし、それ以上のことはきけなかった。

その後、東京で、田宮始の、俳優時代のエピソードを、いくつか調べあげた西本と日下の二人の刑事が、島根県警の捜査本部にファックスを送ってきた。

十津川は、それと、入れ替わりのように、東京に、帰ることにした。

2

十津川は、羽田空港に、迎えにきていた亀井と二人で、そのまま、四谷《よつや》三丁目に向かった。そこに、ノンフィクションライターたちが集まる、日本NFクラブの、事務所があることをきいたからである。

途中の車のなかで、

「向こうで殺された田宮始と、こちらの被害者、五十嵐昭との接点ですが、何か、見つかりましたか？」

と、亀井が、きいた。

「残念ながら、まだ見つかってはいないが、何か関係はあるはずなんだ」

と、十津川は、いった。

日本NFクラブの事務局は、マンションの一室を借りた、小さなものだった。

そこに、事務局長をやっている有島《ありしま》という中年の男がいてくれた。ほかに、三十二歳の若杉敬一郎《わかすぎけいいちろう》という若いライターもいた。

若杉は、殺された五十嵐昭と、最も親しくしていた男だという。

有島事務局長は、近くの喫茶店から、コーヒーを取ってくれた。それを飲みながら、十津川は、有島とライターの若杉から、五十嵐昭について話を、きくことができた。

まず十津川のほうから、

「まだ容疑者も浮かんでいないし、動機もわかりません。そこで、五十嵐さんが書いた四冊の本をここに持ってきました。四つの作品とも小説ではなくて、ノンフィクションですから、誰かを傷つけている可能性があります。このなかに、書かれた人物、あるいは、組織から苦情がきたり、出版の差し止めを求められたものがあれば、それを教えていただきたいのですよ」

十津川は、一冊目に、タイトルが「上善は水にあり」という本をテーブルの上に置いた。

「その『上善は水にあり』というタイトルは、老子から、取ったものだと、彼からききました」

と、有島が、十津川に、いった。

「すべてに、勝るものは、水である。自由で、形がなく、静かに流れていくという老子の言葉が気に入ったそうです」

「読んでみたのですが今の政府の、水に対する取り組み方が、間違っている。特にダムは、今や時代遅れだと、書いてありますね。発電にしろ、治水にしろ、ダムを作るのは、もうやめたほうが、いい。というよりも今やダムは壊して、水は、自由に流れるようにしたほうがいいと書いてあります。その例として、御母衣《みぼろ》ダムを取りあげて、これは、発電のために作られたダムだが、今では、日本全体にとって、手枷《てかせ》、足枷でしかないと書いてあります。水は流れを失っているので、いやでもヘドロが溜まってしまう。そのヘドロを流そうとすると、下流の川が汚れ、その川に通じる海も、汚れてしまう。そこで仕方なく、ヘドロが溜まるたびに、一万台以上の、ダンプカーを使ってヘドロを採取し、巨大な穴を掘って捨てている。しかし、また何年か経てば、ヘドロが、溜まる。ひとり喜んでいるのは、ダンプカーを持つ土建屋さんで、これなら、いつまでも仕事が続くから、永久就職だといっている。この経費は税金である。これを解決するためには、御母衣ダムをなくしてしまうことしかない。五十嵐さんは、はっきりと書いていますが、これについて、御母衣ダムから、あるいは、ダムを造った国交省から何か苦情は、こなかったんですか?」

「いや、それを出版した出版社にも、五十嵐にも、苦情はきていないようです」

と、有島が、いい、若杉も、

「この本について五十嵐も、何もいっていませんでしたね。ダム不要論は、今、天下の趨勢だし、彼が書いたことは、政府のダム事業を批判しているわけですから、個人的に、筆者の五十嵐を非難してこなかったんだと、思いますね」

「それでは、次は『新たな宗教戦争』という本です。最初、この題名から、この本は、既存の宗教、仏教とか、神道とか、キリスト教などと、新興宗教との闘いを書いたものかと思ったのですが、違っていました」

「ええ、私も、最初、警部さんと同じように受け取っていました」

と、有島が、いった。

「この本は、お寺の墓地の問題を、取りあげているんです。作者の五十嵐昭さんは、今までは九州《きゅうしゅう》の寺に、五十嵐家代々の墓があるので、何かあると、わざわざ、そこまでいかなければならない。それが面倒なので、今度、近くのお寺に墓地を購入した。九州の墓地は、要らなくなったので、こちらに移したいといったところ、九州のお寺からは、別に問題は、ありませんよと、いわれた。九州の墓地は、百五十万円で買い、立派な、墓を建てている。それを、返すのだから、てっきり、お金を戻してもらえると、思ったら、とんでもない。整地して返さなければならないので、逆に、三十万円も、払わなければならなかった。そこで、日本のお墓について、考えてみた。自分は、墓地は買っていると思ったのだが、正確にいうと、百万、二百万という大金を払って、寺から借りていたのだ。そして、管理費を払っていた。だから、返す時には、もちろん、お金は、返してもらえないし、墓地を、綺麗に掃除し、整地して返さなければならないから、逆にお金がかかってしまう。こういう、日本の墓地というのは、果たして、正しいのだろうか？　坊主丸もうけだと書いているし、具体的に、九州と東京の寺の名前が出てきますが、これについては、どうですか？　五十嵐さんが、攻撃されたということは、ありませんでしたか？」

十津川は、有島と、若杉の顔を、交互に見ながら、きいた。

「この本については、別に、何もなかったんじゃないかな？」

と、若杉が、いった。

「五十嵐は、この本は、楽しんで書いていて、別に、お寺に、抗議したわけではありませんからね。読者からも、なかなか面白かった、あるいは、参考になったという手紙が送られてきたようですよ。それに、五十嵐は、文句をいいながらも、九州のお寺には、きちんと、お金を払っていますからね。お寺が、五十嵐に、文句をいったり、嫌がらせをしたという話は、きいていませんよ」

と、有島も、いった。

三冊目は「自然はやさしいか」というタイトルの本である。

「この本は、いわゆる、自然エネルギー、風車による風力発電とか、あるいは、太陽光によるソーラー発電、あるいは、地熱や、海の満ち引きを使った発電など、今、話題になっている自然エネルギーを取りあげ、本当に期待していいのかどうか、その問題点を、追及して、書いているものです。本のなかには、風力発電に、力を入れていたり、風車発電を積極的に、実施している自治体の名前も出てきますし、風車や、ソーラー発電のパネルを作っている電機メーカーの名前も、明記していますから、その点で、苦情や抗議などがきていたのではないでしょうか？　その可能性はありませんか？」

十津川が、きいた。

「確かに、かなり強い調子で、ソーラーパネルを作っている会社や、風車を作っている会社の、設計のミスについて、あるいは、見通しの安易さについて、厳しく指摘していますが、何しろ、相手は大会社ですからね。作者の五十嵐の計算の間違いを、指摘してきたりはあったようですが、だからといって、五十嵐を脅かしたり、ましてや、殺すようなことはしないと思いますね。何しろ、相手は、世間によくしられた大会社ですから」

と、有島が、いった。

最後は「孤独であることは罪か？」と題した、四冊目の本である。

「これは、最近、賞をもらった本で、南房総《みなみぼうそう》にある、友愛《ゆうあい》クラブという、孤独で介護を必要とする老人を収容する施設のことを、書いています。読んでみたのですが、かなり痛烈な内容で、友愛クラブのオーナーの名前も、小池智朗《こいけともあき》、六十五歳、妻、徳子《とくこ》、六十歳、と具体的に書いています。友愛クラブという施設が、老人を、食い物にしているのではないか？　孤独な老人の、その孤独を逆手に取って、むしろ、その死を、早めているのではないか？　それなのに、収容している老人が死ぬと、安楽死をさせた。あるいは、優しい死を迎えさせたと宣伝しているのは、嘘だし、誤魔化しだと五十嵐さんは、書いています」

「そうですね。確かに、ほかの三冊に比べると、南房総の友愛クラブという実在の施設や、その施設を、運営しているオーナー夫妻の名前を具体的に挙げて、強い調子で攻撃していますからね。本が出た途端に、友愛クラブから抗議がきたと、きいています」

と、有島が、いった。

「それで、どうなったんですか？」

と、亀井が、きく。

「実は、この本がきっかけになって、この友愛クラブにですね、警察の捜査が入ったんですよ。その結果、友愛クラブのオーナーである小池智朗は、理事長から、引退せざるを得なくなっています。ですから、今は、小池夫妻がオーナーではありません。ただし、本当に、小池夫妻が、友愛クラブの経営から、手を引いたのかどうか、それは、わかりません」

と、有島が、いった。

「あなたは、このことを、どんなふうに、思いますか？」

十津川が、若杉に、きいた。

「そうですね。これを書く時は、五十嵐も、かなり覚悟をして書いたのではないかと思いますね。僕も、彼と同じようなものを、書いていますから、その時は、無言電話がかかってきたり、殺してやるといったような、脅迫の手紙が、きたりしましたよ。例えば、最近のことなんですが、あるボクシングジムのことを、書いたんです。以前から、八百長試合をやっているんじゃないかという噂の絶えないジムなんですけどね。そうしたら、夜、そのジムに所属する四回戦ボーイに襲われて殴られました。危うく死にかけました。五十嵐も、覚悟してこの作品を書いたと思うのですが、この件に関して、五十嵐が、何かに困っていたようなことは、何もきいていませんし、怖がっても、いませんでしたね」

「五十嵐さんは、この本を書いて、最近、ある出版社の、賞をもらいましたよね？　新聞にも出ていました。そのことで、かえって、書かれた友愛クラブでしたっけ。それから、引退した小池さんという理事長夫妻が、五十嵐さんに対して、反発を、強めていたようなことは、なかったんでしょうか？」

「いや、それは、むしろ、逆でしょう。この本が受賞をしたので、書かれた友愛クラブも、引退させられた小池理事長夫妻も、かえって五十嵐に手が出せなくなったと思いますね」

と、いったのは、有島だった。

「つまり、この作品が、大きな賞を、もらったので、世間的にも、書かれた友愛クラブとか、引退することになった、小池理事長夫妻のことが、しられてしまった。だから、作者の五十嵐昭さんに、手を出せば、かえって自分が、追いつめられてしまう。つまり、そういうことですか？」

「そういうことですね。ノンフィクションの作品というのは、有名になればなるほど安全だし、取材先からも、文句が出てこなくなるものなんですよ」

「それでは、この四冊と離れて、お二人におききしたい。五十嵐昭さんという人は、どういう人ですか？　あまりにも、漠然とした質問かも、しれませんが」

と、十津川が、二人を見た。

「若いだけに、とにかく、取材対象に、真正面からぶつかっていきましたね。それは、彼のいいところでもあるんですが、時として、間違いが起きたり、トラブルに、なってしまうこともありましたよ」

と、有島が、いった。

「間違いってなんですか？」

「夢中になって、相手のことを誤解してしまうことがあるんですよ。例えば、今の世の中は複雑ですから、やろうと思えば、何でも金になる。そうでしょう？　例えば、昔は借金をするには、必ず、保証人が必要で、そんな時には、友だちにでも、また、親戚にでも頼めば、簡単に保証人になってくれましたよ。しかし、今は、なかなか、保証人にはなってくれませんからね。逆に、保証人を引き受けることを、売り物にするような、何とも胡散臭い会社まで、できているんですよ。そういう会社の取材でも、お客を食い物にする詐欺会社もありますが、なかには、真面目にやっている会社も、あるんですよ。だが、その見境が、なかなか、つきません。そんな時、五十嵐は、猪突猛進してしまうことが多いので、時々、間違えてしまうことも、あるんですよ。でも、そんな時、五十嵐は、あっさりと、謝りますからね。だから、彼は、際どい取材をすることで、有名なのですが、あまり、恨まれることがない。そういう人間なんです」

「あなたは、ライター仲間として、五十嵐昭さんを、どう思います？」

十津川は、若杉敬一郎の顔を見た。

「僕にとっては、ライバルだし、気の置けない友人でもありましたよ。今、有島さんがいったように、時々、彼は、突っ走ってしまうので、はらはらすることも、ありましたが、それがまた、五十嵐のいいところでもあり、魅力でもあるんですよ」

若杉が、笑顔で、いった。

「五十嵐さんは、三十歳で、確か独身でしたね？」

十津川が、きくと、有島は、笑って、

「刑事さんは、五十嵐の彼女のことを、おききになりたいんですか？」

「もちろん、五十嵐さんには、誰かつき合っている人が、いたんでしょうね？」

「山崎由紀《やまざきゆき》が、今の五十嵐の彼女じゃないかな？」

有島が、若杉を見た。

「その山崎さんというのは、どういう女性ですか？」

十津川が、きいた。

「山崎由紀という、女性の作家がいるんですよ」

これは、若杉が、答えてくれた。

「彼女は、確か五十嵐と同じ三十代のはずです。最近『女性が楽しい国内旅行』という、いってみればエッセイ集ですね。そんな本を出したのですが、かなり売れています」

「その山崎さんの住所と電話番号を教えてもらえませんか？」

と、十津川が、いった。

3

有島から、山崎由紀の、住所と携帯電話の電話番号を教えてもらったので、まず、携帯電話に電話した。

相手は電話に出たが、現在、四国《しこく》を旅行中で、東京には、二日後に、帰るという。仕方がないので、二日後に会うことを約束してもらってから、十津川は亀井と、いったん捜査本部に戻った。

十津川は、捜査本部長の、三上刑事部長に、島根県警とのことを、報告した。

「残念ながら、今のところ、こちらで捜査している五十嵐昭と、一畑電車の駅で、射殺された田宮始との関係はわかっていません。田宮始の胸ポケットに入っていた五十嵐昭の名刺ですが、これはおそらく、犯人が入れておいたものと思われますが、なぜ、犯人が、五十嵐昭の名刺を入れておいたのか、その点も不明です」

と、十津川が、いった。

「同一犯という可能性はないのか？」

と、三上がきいた。

「東京で、五十嵐昭が殺されたのが、七月二十四日、島根で田宮始が殺されたのは、二十八日ですから、物理的には可能ですが、殺しのパターンが違いますし、同一犯であることを示すものは、見つかっていません」

「しかしだね、田宮始を、殺した犯人が、名刺を入れておいたのだとすれば、当然、何か理由があってじゃないのか？　意味もなく、五十嵐昭の名刺を入れることはないだろう」

と、三上が、いった。

「私も、そう思いますが、島根県警のほうでは、捜査を、混乱させるために、たまたま持っていた五十嵐昭の名刺を、被害者の胸ポケットに入れておいたのではないか？　そう考えている刑事もいるようです」

「五十嵐昭については、何かわかったかね？」

三上に、きかれて、十津川は、持っている例の四冊の本を渡した。

「五十嵐昭はノンフィクションのライターです。政治あるいは社会問題について、実名を挙げて、この本のなかで、相手を批判したり、攻撃したりしています。そのことで、恨みを買ったケースもあるに違いないのです。そこで、この四冊について、五十嵐の友人の若杉という、同じく、ノンフィクションを書いているライターや、あるいは、日本NFクラブの、事務局長をやっている有島という男に、いろいろときいてみました」

「それで、結果は？」

「確かに、ノンフィクションライターのなかには、書いた本の内容によって、取材対象から、批判されたり、無言電話を、かけられたり、時には、殴られたりするようなことも、あるようですが、今までに、書いたものが原因で殺されたライターは、ひとりもいないということでした」

「それは、たまたま、今までは、いなかったということだろう？　五十嵐昭が、最初の、犠牲者ということだって、あり得るんじゃないのかね？」

と、三上が、いった。

「本部長のおっしゃるとおりです。それで、今までに五十嵐が書いたこの四冊の作品に目を通してみたのですが、一番攻撃的な調子で、書かれているのは『孤独であることは罪か？』というこの作品です。千葉《ちば》県の南房総にある、実在の友愛クラブという、孤独な老人を収容している施設が、作品の舞台に、なっています。この施設は老人を食いものにしていると書き、理事長夫妻の名前も、実名で出ています。もし書いたものが原因で、五十嵐昭が殺されたとすれば、この『孤独であることは罪か？』という作品が、一番、可能性が、高いと思うのです。さらにいえばこの作品は、権威のある賞を受賞しているので、書かれた友愛クラブの理事長は引退し、現在は、別の、理事長になっています」

「やめさせられた、理事長夫妻が、犯人だという可能性は、あるのかね？」

「その点は、まだ不明です」

「ほかには？」

「五十嵐昭は、殺された時、独身でしたが、山崎由紀という、つき合っていた女性がいたことがわかりました。彼女は、作家で『女性が楽しい国内旅行』というエッセイ集を出していて、かなり、売れているそうで、すぐにでも、会おうと思ったのですが、今、四国を旅行中だということなので、二日後に会うことになっています」

と、十津川が、いった。

4

二日後の午後一時、十津川と亀井は、捜査本部のある、中野警察署近くの喫茶店で、四国旅行から帰ってきた、山崎由紀に会った。

山崎由紀は、ジーンズに、スニーカー、それに、小さな、リュックサックを背負った、そんな格好で、十津川の指定した喫茶店にやってきた。

「四国旅行は、楽しまれましたか？」

十津川が、挨拶代わりに、きいてみた。

「ええ、とても、楽しかったですよ。まだ、私なんかは、一人前の、作家じゃないから、かえって、旅行が楽しめるのかもしれませんけど」

由紀が微笑した。

「先日、電話で、申しあげたように、われわれは、五十嵐昭さんが殺された事件の、捜査をしています。山崎さんは、五十嵐さんが殺されたことについて、どう、思っておられますか？」

十津川が、きくと、由紀は、笑いを消した顔で、

「悔しいです。何しろ、これからの人だったんですから」

「五十嵐さんが殺されたことについて、何か、心当たりがありますか？」

「残念ですけどありません。確かに、五十嵐さんは、ノンフィクションライターで、取材対象を、容赦なく、攻撃しますからね。でも、あんなことで、殺されるなんて、考えられません。だって、本当のことを、書いているだけなんですから」

「しかし、本当のことを、書かれると、かえって、傷ついたり、怒る人間も、い

るんじゃありませんか？」

「ええ、確かに、そういう人が、いることはわかりますけど、彼が取りあげる対象は、大きな組織とか、大会社の社長とか、政治家とか、お偉方ばかりですよ。そんな人が、あるいは、そんな組織が、自分が批判されたからといって、いちいち、本を書いた人間を、殺したりするでしょうか？」

「殺人現場の、五十嵐さんのマンションを調べてみると、殺されたのは七月二十四日の夜の十時から十一時の間です。そんな夜遅い時間に、五十嵐さんは、相手を、部屋のなかに招じ入れているんです。その上、後頭部を鈍器で殴られ、その後、首を絞められて殺されているのです。つまり、五十嵐さんは、相手に、背中を見せていたということです。いい換えれば、何の警戒もしていなかったことになります。五十嵐さんは、相手が誰かをしっていて、安心して、部屋のなかに招じ入れ、さらに背中を見せたんです。ところが、相手は、最初から五十嵐さんを殺すつもりで、やってきたのではないか。それなのに、五十嵐さんから見れば相手は、自分に危害を加えるような人間ではないと思っていたに、違いないのです」

「そうだとしたら、なおさら、悔しくなります。五十嵐さんは熱血漢で、世の中の不正が、許せなかったんです。だから、それを作品で、世間に公表しようとしていたんです。それなのに、殺されてしまうなんて。犯人は、いったい、どんな人なんでしょうか？」

「われわれも、それを、しりたいと思っているんですがね。あなたが、最後に、五十嵐さんに、会ったのはいつですか？」

十津川が、きくと、由紀は、手帳を取り出し、そのページを繰りながら、

「七月の五日でした」

と、いった。

「五十嵐さんが殺されたのは、七月二十四日ですから、二十日ほど、前ということになりますね？　その時、どんな話を、したのですか？」

と、亀井が、きいた。

「あの時は、京都《きょうと》から帰ってきたばかりで、お土産の京菓子を持って、彼のマンションにいったんです。ですから、私がひとりで京都の話をしたんじゃないかと思います」

「五十嵐さんは、四冊目の『孤独であることは罪か？』という本を出版したあと、ほぼ二年間何も、書いていないのですよ。何か、次に書くものについて、あ

なたに、話をしたということは、ありませんか？」

「あの頃、次に何を書くかで、彼も、ずいぶん、悩んでいたみたいでした。賞をもらったあとなので、よけいだったと思います。ただ七月五日に、私が彼のマンションにいった時には『次に書くことが、やっと、見つかったよ』と、いって、にこにこ笑っていたのを覚えているんです」

と、由紀が、いった。

「五十嵐さんは、次に、何を書くつもりだったんですか？」

「それがわからないんですよ。彼、難しい問題にぶつかった時には、成功するか、失敗するか、わからないので、用心深くなって、私にも、何を書くのか、話してくれないんです。七月五日に会った時も、そうでした。だから、私もききませんでした。ただ、今度は、気色《けしき》の変わった面白いものを書くつもりだとは、いってましたけど」

「気色の変わった面白いものですか？」

「ええ。でも、内容については、教えてくれませんでした」

「なるほど、どんなに気色が変わっているのかは、話さなかった。そういう点は、あくまで、慎重だったわけですね？」

「ええ、そうです」

と、由紀が、うなずいた。

「五十嵐さんは、どんな、取材の仕方をするんですか？」

と、亀井が、きいた。

「彼が、取材をしているところを、見たわけじゃありませんから、よくわかりませんけど、いつだったか、取材のコツみたいな話になった時、対象のなかに、味方と敵を作るんだって、そんなことを、いっていましたけど」

「それは、どういう意味です？」

「例えば、ある、大きな組織のことを取材する時には、その組織について、肯定する人間もいるし、否定する人間もいる。その一方だけを取材しては、偏った作品に、なってしまいますから、必ず、賛成と、反対の両方の人間を、見つけて取材するんだと、彼は、いっていましたよ」

と、由紀が、いう。

十津川は、何となく、わかる気がした。ひょっとすると、そのことが、五十嵐昭が、殺されたことと、繋がっているのかもしれない。

5

一畑電車では、社長命令で、今回の殺人事件を、独自に調べることになった。命令されたのは、四十八歳の、三枝《さえぐさ》という広報担当の部長である。三枝は、二十五年間、一畑電車で働いてきた男でもある。

足立社長が、問題にしたのは、わざわざ五百人を超える応募者のなかから選んで、名誉駅長として採用した田宮始が、殺され、駅長服の胸ポケットに名刺が入っていて、その名刺の裏に〈くたばれ。一畑電車〉と、書かれてあったことである。

名誉駅長にした田宮始個人あるいは二宮啓介という俳優に対する攻撃ならいいが、もし、一畑電車に対する攻撃だったら、一畑電車としても、警察に協力して、犯人を捕まえる必要がある。

社長は、そう、決断したのである。

三枝はまず、島根県警の横山警部のところに、挨拶に出向いた。

「うちの社長としては、一畑電車自体が、攻撃されたのだとしたら、絶対に許せないと、考えておられるのですよ。それで、私に、独自の形での調査を指示されました。警察の邪魔はしません。それは約束します」

「悪い噂が立つと、営業に影響しますか？」

と、横山が、きいた。

「もちろんです。今、地方の私鉄は、どこも、赤字に悩んでいますからね。もし、誤解や噂で、悪口をいわれれば、せっかく、いろいろと努力しているのが、無駄になってしまいますから」

三枝が、いった。

「一畑電車は、今、どのくらいの赤字なんですか？」

興味を持って、横山が、きいた。

「経営状態が、一番よくわかるのは、営業係数というもので、それが百以下ならば、一応、経営状態は、良と見ていいと思うのです。例えば、東武《とうぶ》とか、西武、あるいは、小田急《おだきゅう》といった大手の私鉄は、営業係数が、だいたい百を切っています。東武全体としては八十五・二、西武は八十三・二、京成《けいせい》八十二・五、小田急八十・七です」

「それで、一畑電車は？」

「一畑電車全体としては、百六十・五です」

「確かに、百よりも、かなり大きくなっていますね」

「しかしですね、これでも、私鉄のなかでは、かなり、いいほうなんですよ。それに、例えば、大手私鉄の東武鉄道は、八十五・二ですが、これは、全体として八十五・二なので、東武鉄道のなかでも鬼怒川《きぬがわ》線だけを見てみると、二百三十四・二という、大きな数字になっています。京成電鉄でも、全体では八十二・五ですが、東成田《ひがしなりた》線は、二百九十九・三です。それに比べたら、一畑電車は、かなり健闘しているでしょう？　これから、さらに、サービスを、高めていけば、必ず黒字になると、私も社長も、確信しているんです。そのためにも、何とかして、せっかく名誉駅長になっていただいた今回の、田宮さんの事件は、一刻も早く犯人を、捕まえて、解決させたいと、思っているんです」

「今の三枝さんの話をおききしていると、一畑電車は、かなりの、優良会社じゃありませんか？　そうすると、名刺の裏に書かれていた『くたばれ。一畑電車』というのは、そうした、営業成績とか、一畑電車の努力をしらなくて、ただ何か腹の立つことがあって、くたばれと、書いたとしか思えませんね」

「そうだと、私も思っています。会社としては、女性のアテンダントを、乗務させて、広報に努めていますし、自転車の時代を、反映して、自転車の車内持ちこみも自由ということに、なっています。そのほか、さまざまな、努力をしていますから、そうしたことを、まったくしらない犯人が『くたばれ。一畑電車』と書いたものと、考えています」

「そう考えると、犯人の範囲が、相当狭まってきますね?」

と、横山も、いった。

三枝がいったように、一畑電車が、さまざまなサービスを、取り入れていることは、横山もしっていた。

また、地方私鉄の一畑電車には、ほかの鉄道にはない有利な点がいくつかある。

山陰地方で唯一の私鉄ということもあるし、沿線には、観光客を喜ばせるような名所や旧跡、それに、素晴らしい景色がある。水の都松江、松江城、宍道湖の景色、そして、何よりも、出雲大社がある。

普通に、旅行を楽しもうと一畑電車に乗れば、不愉快な思いをする観光客は、少ないはずである。

それなのに、犯人は〈くたばれ。一畑電車〉という殴り書きをした名刺を、被害者の胸ポケットに、入れておいた。

そうしたことを考えると、犯人が、松江城や宍道湖の景色、出雲大社に、腹を立てたとは思えない。

残るのは、あくまでも、個人的な理由である。例えば、と、横山は考えた。

犯人が、地方の私鉄だから、空いているものと思って、乗ったら、想像以上に混んでいて、不愉快になった。あるいは、宍道湖の景色を、楽しもうと思ったら、突然、雨が降り出して、景色が、見えなくなってしまったということも、あるだろう。

もっと個人的なケースを、考えれば、犯人が男で、松江で彼女と待ち合わせをしていたのだが、彼女が、こなかった。それで、腹を立てたというケースだってありうるのだ。

名誉駅長だった二宮啓介こと田宮始を殺す理由は別だろう。

だが〈くたばれ。一畑電車〉という文言を書いた名刺を、胸ポケットに入れておいたのは、まったく別の怒りではなかったか？　横山は、そんなことも考えた。

つまり、ちょっとしたことでも、すぐに、腹を立てるような、犯人ではないのか。

殺された田宮始が着ていた駅長服の胸ポケットに、五十嵐昭の名刺が入っていたことは、すでに、マスコミ発表されているが、その名刺の裏に〈くたばれ。一畑電車〉という文言が、書かれてあったことは、公表されていない。

これは、世間の人たちが一畑電車に対して、偏見を、持ってもらっては、困るという一畑電車側の要望に、島根県警が、賛成したからである。それに、捜査に先入観を持ちたくないということもあった。

「一畑電車のほうは、今度の事件に対して、どう対応していくつもりですか？」

と、横山が、三枝に、きいた。

「亡くなった田宮始さんは、名誉駅長の募集に対して提出した原稿のなかで『地域の再生なくして、鉄道の再生もない』と、書いていたのですが、これには、うちの社長も大いに感心したんです。確かに、そのとおりなんですよ。一畑電車だけが、ひとりで成長もできませんし、赤字解消もできません。一畑電車の沿線も再生しなければ、一畑電車の繁栄もあり得ないのですよ。幸い、一畑電車の沿線には、美しい宍道湖があり、千鳥城《ちどりじょう》という愛称で呼ばれている松江城もあります。それに、何といっても、出雲大社がありますからね。これだけ恵まれているんですから、地域が再生すれば、自然に、一畑電車も再生します」

「しかし、宍道湖といえば、やっぱりシジミですが、全盛期に比べれば、採れる量が、相当少なくなったのではありませんか？　そんな話をきいていますが」

横山が、心配そうに、きいた。

「確かに、一時、全滅の危機に瀕《ひん》したことがあります。これは、漁師の人にきいたのですが、宍道湖というのは、汽水湖といって、真水と海水が入り混じっています。それで、大量に、シジミが採れるわけですが、国は宍道湖と、それに、繋がる中海の淡水化計画を発表しましてね。干拓と淡水化計画の両方を始めたんですよ。それで、シジミが採れなくなってしまったんです。政府も、その誤りに、気がついたのか、淡水化計画を中止にしてしまったので、これからは水質も、徐々に戻ってくるのではないかと、期待しています。もちろん、うちの会社も、それに、援助したいと、社長は考えています」

「あと、一畑電車の売り物としては、やはり松江城と、出雲大社ですか？」

「今、歴史ブームですからね。松江城のほうは、江戸時代の歴史と組み合わせて、広報活動をやっていくようなので、うちの会社としてもそれに援助しようと思っています。出雲大社のほうは、これは古事記、日本書紀の時代からの歴史的遺産で、黙っていても、人々が出雲大社にやってきます」

「松江城が、美しい城であることは、間違いありませんけど、正直にいって、私は、松江城主が、いわゆる、不昧公と呼ばれる松平治郷《はるさと》が藩主だったことしか、しらないのですが」

と、横山が、いった。

「それは、私も、同様ですよ」

と、三枝が、笑う。

「松平治郷が、不昧公と呼ばれて、茶道で有名なことはしっているのですが、いつ頃の殿様なのかは、まったくしりませんでした。今回、それを勉強して、江戸時代でいえば、文化文政《ぶんかぶんせい》の時代の殿様だということがわかりました」

「文化文政の時代というと、どんな時代ですか？　元禄《げんろく》時代ならしっていますが」

と、横山が、いった。

「元禄時代のあとにきた、江戸時代でいえば、最後の文化の爛熟期じゃないですかね」

三枝は手帳を広げて、自分が調べたことを、横山警部に披露した。

「十一代将軍徳川家斉《とくがわいえなり》の時代です。十一代将軍の家斉は、最初、老中の松平定信《さだのぶ》を使って、寛政《かんせい》の改革をします。財政の立て直しです。しかし、その定信が退くと、第二の元禄時代が始まって、江戸文化の、最後の爛熟期を迎えるのです。そうですね、みんながしっている、その時代を、代表する人としては、曲亭馬琴《きょくていばきん》、為永春水《ためながしゆんすい》、十返舎一九《じつぺんしやいつく》、浮世絵では、鈴木晴信《すずきはるのぶ》、喜多川歌麿《きたがわうたまろ》、歌舞伎でいえば、四世鶴屋南北《つるやなんぼく》が『東海道四谷怪談』を書いた時代です。その時代に、この松江では、今、警部もいわれた松平治郷が、藩主になって、この松江に石州《せきしゆう》流の茶道を、広めたわけです。そのほか不昧公好みと呼ばれる料理、和菓子、美術工芸品などに影響を与えています。松江市内には、不昧流の茶室といわれている明々庵という茶室もあるので、不昧公のことも、大きく宣伝したいですね」

「江戸が文化文政の爛熟期なら、同じように、この松江だって、その頃は文化の爛熟期だったのではありませんか？」

「そうですね。文化文政というのは、一八〇四年から、一八三〇年までで、松平治郷が隠居し、不昧を号した、一八〇六年から一八一八年までダブります。実は、このあと、一八五三年にペリーが来航して幕末の激動期を迎えるのです。その直前の台風の目のような、文化の爛熟期だったと思います」

「出雲大社のほうは、ほうっておいても、誰もがしっていますけど、藩主の松平治郷のほうは、しっかりと宣伝をしないとわかりませんね」

横山が、いうと、三枝は、急に身を乗り出して、

「実は、亡くなった、田宮始さんのことを調べていて、面白い発見があったんで

すよ。今から八年前、田宮始さんが、俳優二宮啓介として、いろいろなドラマに出演していた頃のことなんですが、今いった、江戸の文化文政の爛熟期を舞台にした映画に出演して、不昧公の松平治郷に扮しているんですよ」

「それは、松江とも関係があるような、映画なんですか？」

「そうなんです。不昧公の松平治郷ですが、隠居したあとは、江戸の大崎《おおさき》に、隠居所を作りまして、そこで、当時の大名や文化人たちと親しくつき合っているのです。その文化人のなかに、浮世絵師の喜多川歌麿なんかも入っていて、不昧公がある時、喜多川歌麿を呼んで、隠居所で、浮世絵を描かせているのです。そういう映画なんですが、これは面白いと思って、作った映画会社に電話をして、そのＤＶＤを、送ってもらうことにしました。それを使って、この松江や、不昧公や、一畑電車の宣伝もやってみたいと思っているんですよ」

広報担当部長の三枝がいうように、一畑電車としては、地域の繁栄に今まで以上に貢献するつもりで、これからもその線で、広報活動をしていくつもりである。だから「くたばれ。一畑電車」などという言葉は、誰にもいわせないといった、覚悟のほどが、わかるような顔をしていた。

その顔を、横山は、じっと見ながら、

（そうなると、あの名刺の裏に書かれていた「くたばれ。一畑電車」というのは、どういうことなのだろうか？）

と、考えていた。

最後に、そのことを、三枝に質問すると、三枝は、小さく、肩をすくめて、

「今も申しあげたように、うちの会社は、この地域とともに、生きています。誰よりも地域の再生を願い、この地域と一緒に、一畑電車も、繁栄していきたい。そう思っているのです。ですから、誰が、何のつもりで『くたばれ。一畑電車』などと書いているのかはわかりませんが、心外でならないのです」

「しかし、名誉駅長の田宮始さんを殺した犯人は、あの名刺をわざわざ、被害者の駅長服の胸ポケットに、入れたに違いないのです。何か理由があったからこそ、入れておいたのです」

「そうなると、一つだけ考えられるのは、犯人は、一畑電車に恨みを抱いているのではなくて、一畑電車に田宮始、あるいは、俳優の二宮啓介を、取られたことに対して腹を立てているのではないか？　そう、思わざるを得ませんね」

と、三枝は、いった。

それは、横山警部も、考えたことだった。

第三章　松平治郷公

1

東京の捜査本部では、十津川が、改めて、被害者、五十嵐昭の経歴を調べていた。

「何か、経歴におかしいところがありますか？」

亀井が、声をかけてくる。

十津川は、本人が書いたという履歴書を見ながら、

「さらっと読むと、別に、不審なところはないんだ」

と、いった。

五十嵐昭が生まれたのは、福島《ふくしま》県の喜多方《きたかた》で、父親は、平凡な、サラリーマン

である。歳の離れた、現在、高校三年生の妹、真由美がいる。

五十嵐昭が高校生の時に、父親が交通事故で死亡、その後、母親が、小さなラーメン店を経営して、兄妹、五十嵐昭と妹の真由美を育てたという。

五十嵐昭は、高校を卒業して上京、都内のF大英文科に入学した。卒業後はアルバイトをしながら、ノンフィクションの作品を書きあげては、ノンフィクション賞に応募していたが、二十六歳の時に新人賞を受賞、その後、ノンフィクションライターとして、活躍している。

二年前に書いた「孤独であることは罪か？」で、念願のノンフィクション大賞を受賞して、現在に至る。

ライターらしい経歴である。苦労して、ライターになり、現在、ノンフィクションライターとして、成功している。

「確かに、苦労を重ねて、現在の地位を獲得した、ライターらしい経歴ですね。しかし、警部は、首をかしげて、いらっしゃったじゃありませんか？　どこがおかしいんですか？」

「この経歴をよく見ると、二カ所、腑に落ちないところがある」

と、十津川が、いった。

「どこですか？」

「福島県喜多方の、地元の高校を卒業したのは、五十嵐昭が十八歳の時で、普通に、高校を卒業している。その後、上京して、F大の英文科に入るのだが、その間、三年間の空白がある。この三年間に、何をしていたのかが、わからない」

「おそらく、浪人生活を、送っていたんじゃありませんか？　故郷の高校を卒業して上京、F大を受けたが、三回落ちた。それで、浪人をして、受験勉強をして、三年後の二十一歳の時、ようやく合格した。そういうことじゃありませんかね？」

「私も、最初はカメさんのように、考えた。ところが、いくら調べても、五十嵐昭が、予備校にいった形跡が、ないんだ。ほかの大学を、受けた形跡もない。これが東大というのなら、東大に入りたくて、ほかの大学は受験せず、三年間ずっと東大だけを受け続けたということも、納得できるのだが、F大の英文科だからね。こんなことをいっては申しわけないが、F大は、二流校だ。F大にこだわった理由がわからないんだよ。もう一つ、五十嵐昭は、二十八歳の後半、今いったように『孤独であることは罪か？』という著書で、念願の、ノンフィクション大賞を受賞している。本来なら、この受賞を機に、あちこちの出版社から、原稿依頼が殺到すると思うし、現に殺到しているんだよ。それなのに、二年間、三十歳になるまで、次の作品を、発表していないんだ。二年間の空白があるんだ。電話による、インタビューを受けたり、テレビに、出演したりはしているのだが、ライターとして作品は発表していない。だから、今いったように、五十嵐昭には、二回にわたって、何をしていたのかが、わからない空白の期間があるんだ」

「確かに、おかしいといえば、おかしいですね。特に、F大英文科に入学するまでの、三年間の空白というのがおかしいですね。私の友だちのなかにも、F大を、受験している人間がいますが、昔は難しかったが、最近は、かなり易しくなったそうです。というよりも、少子化の影響で、受験生が、定員割れをしているそうなんですよ」

と、亀井も、いった。

「なるほど。そういうことか」

「警部は、二回の空白が、五十嵐昭が殺されたことと、何か、関係があると思われますか？」

「いや、それは、まだわからない。高校を卒業後に上京してから三年間最初の空白の期間があるが、こちらのほうは、今回の殺人とは関係がないような気がする。最近の二年間の、空白について、先日、五十嵐のライター仲間に、きいたところでは、大賞を受賞したので、へたなものは、書けないから、きっと緊張して、題材選びにも、よけいに慎重になってしまったかも、しれないといっていた。その上、ここにきて、書くべきものが、見つかったと喜んでいたとも、山崎由紀がいっていたから、この、二年間の空白は、何とか、理屈がつけられそうな気もしているんだ」

と、十津川は、いったが、その顔は、迷っていた。やはり、引っかかるのだ。

最近の二年間の空白については、五十嵐昭が大賞を受賞したので、次に書く物に、自然に慎重になり、二年間、次の作品が、発表されていなかったのではないのか。ライター仲間も、日本NFクラブの有島という事務局長も、同じことを、いっていた。

それに比べると高校卒業後の三年間の空白のほうも、調べるのが、難しかった。

五十嵐昭は、故郷の、福島県喜多方の地元の高校を卒業したあと、すぐに、上京している。もし、その三年間が、地元の喜多方での、空白というのならば、地元の、高校の友人もいるだろうから、あれこれ、きき回ることもできるのだが、すぐ上京してしまってからの三年間である。

念のために、十津川は、喜多方で、小さなラーメン店を、経営している母親にも、電話をしてきいてみたが、上京直後の三年間については、何もしらないという返事しか、返ってこなかった。

「こちらが貧乏ですし、妹のこともあるので、あの子は、私に心配をかけまいとして、東京で一生懸命、アルバイトに精を出していたんだと思いますけど」

と、母親が、いった。

確かに、その可能性もあるのだが、アルバイトに、精を出していたのだとすれば、そのことは、経歴に書き加えられているはずである。

だがその三年間に、五十嵐昭が東京で、アルバイトしていたという話を、しっている者はいなかった。

十津川は、もう一度、喜多方にいる五十嵐昭の母親に、電話をした。

「亡くなった息子さんは、地元の高校を卒業したあとすぐ、上京したんですね？」

「ええ、喜多方には、これといった、大手の会社も、仕事もないので、昭は、仕事を探すために、上京したんです」

「上京した直後の住所は、わかりますか？」

十津川が、きくと、

「ちょっとお待ちください」
母親の声が、しばらくの間きこえなくなったが、そのあとで、
「その頃のはがきが、見つかりました。昭は、三月に、地元の高校を卒業すると
すぐ上京し、四月五日に、手紙を、寄こしています。それに住所が、書いてあり
ました」
母親が教えてくれた住所は、東京都足立区北千住《あだちきたせんじゅ》の、富士見アパート二〇二号
室で、電話は部屋にはなく、家主のところにあるだけだったと、母親は、いう。
息子は、電話番号は教えてくれたが、
「その後、一カ月もしたら、連絡がつかなくなってしまったんです」
と、母親が、いった。
十津川は、亀井と二人で、北千住にいくことにした。
「たぶん、十八歳の時、五十嵐昭が、最初に住んだアパートは、もう、なくなっ
ているだろう。何しろ、一カ月後に、母親が、電話をしたら、通じなくなってい
たそうだからね」
十津川が、パトカーのなかで、いった。
「警部は、それでもいく価値があると、思われるのですか?」

「何しろ、空白は三年間だからね。面倒でも最初から、五十嵐昭の足跡を追っていくよりほかに、方法がないんだ」

北千住駅から車で十五、六分ほどいったところが、富士見アパートの住所になっていたが、現地にいってみると、やはり、目的のアパートは、消えていて駐車場になっていた。

十津川たちは、区役所にいき、五十嵐昭の住民票を調べてもらった。ところが上京して、北千住の富士見アパートに、落ち着いた時、住民票は、福島県の喜多方から移されてはいなかったのである。

つまり、五十嵐昭は、住所は、福島県喜多方で、北千住のアパートを借り、そのあと、住民票は、移していなかったのである。

念のため、中野区にいって、調べてみると、五十嵐昭の住民票は喜多方から、直接、中野に移されていた。住民票だけみると、五十嵐昭は、北千住に住んでいたことは、ないことになっているのだ。

こうなると、どこを調べたら、この三年間が、埋まるのだろうか？

母親は、息子の五十嵐昭が、上京した直後にはがきがきて、足立区北千住のアパートに住んだとしらせてきたが、その一カ月後には消息が摑めなくなったという。

まず、十津川がやったことは、現在、駐車場になってしまっている北千住の富士見アパートを経営していた大家を捜すことだった。

近くに交番があったから、そこに勤務する中年の巡査長にきけば、何かわかるかもしれないと、十津川は、思った。

十津川の期待どおり、その派出所に勤務して十五年になるという巡査長は、富士見アパートのこともしっていたし、現在、大家が、どこにいるのかも教えてくれた。

渡辺徳一《わたなべとくいち》という六十歳のもとの大家は、十二年前、老朽化したアパートを取り壊して、そこを駐車場にしたのである。現在、渡辺は、駐車場の、管理もしている。

十津川は渡辺に会うと、

「富士見アパートを取り壊して駐車場にした、おそらく、その頃だと思うのですが、福島の喜多方から上京してきた、十八歳の五十嵐昭という少年が、富士見アパートの二〇二号室を借りたと思うのですが、彼のことを、覚えていませんか？」

十津川が、きくと渡辺は、

「ええ、覚えていますとも」

と、にっこりした。

「まだ、あどけなさの残っている、可愛い顔をしていました。喜多方から、上京してきたといって、お土産に、喜多方ラーメンを二箱、もらいましたよ」

「あなたが、アパートを取り壊して、駐車場にした頃、十八歳の五十嵐昭は、アパートを出て、ほかのところに、移ったと思うのですが、どこに移ったか、覚えていらっしゃいませんか？」

「それは誤解ですよ。私が、アパートをたたんで駐車場にしたから、どこかに、移っていったというんじゃないんですよ。五十嵐君といったらいいのか、それとも、今は五十嵐さんといったほうがいいのかな？　いずれにしても、彼は、私が、アパートをたたむ半年前に、アパートを、出ていったんですよ」

「行き先は、わかりませんか？」

と、亀井が、きいた。

「京都に、いくんだといっていました」

「京都ですか？　京都に、友だちとか、親戚がいたんでしょうか？」

「さあ、それは、わかりませんが、突然、京都で働くことになったといって、アパートを出ていったんですよ。その時は、ちょっと変な気がしたんですけどね」

「どうして、変だと、思ったのですか？」

「だって、福島県から出てきたばかりでしょう？　それが、半月もしないうちに、京都で働き口を、見つけたから出ていくというんですからね。何となく、変な気がしたんですけどね」

と、渡辺が、いった。

「その後、五十嵐昭から、連絡はありませんでしたか？」

「いや、ありません。その六カ月後には、あのアパートを壊して、駐車場にしてしまいましたからね。五十嵐さんのほうが、私に、連絡を取りたいと思っても、取れなかったんじゃないですか？　電話番号も、変わってしまいましたから」

十八歳の五十嵐昭は、突然、アパートの大家に、京都で働くことになったからといって、出ていったという。

渡辺は、上京してきたばかりの、十八歳の少年が、京都で、働くことになったというのは、どういうことなのか？　不思議だったと、いっている。

十津川も、不思議な気がした。

この東京で、何かアルバイトのような仕事を見つけたというのなら、わかる。

しかし、京都で、仕事が見つかったというのが、わからないのだ。

その頃は、バブルが弾けて、不況が、始まった頃である。そんな時に、簡単に、それも、自分が、住んでいるところから遠く離れた京都で、すんなりと、仕事が見つかったというのは、不思議である。

「何か、例えば、観光関係の仕事じゃないですかね?」

と、亀井が、いった。

「不景気が始まっていましたが、京都という街は、毎年、三千万人から、四千万人くらいの観光客が、世界中から、訪れてくるといいますからね。東京よりも、就職するチャンスがあったんじゃ、ありませんか?」

「しかし、福島から上京してきたばかりの十八歳の少年が、京都で、どんな仕事を、得られるかね? 観光の仕事だといったって、京都には、それらしい会社が、入っていて、個人がそう簡単には、仕事が、見つからないだろう。また、観光の仕事といったって、当時の、五十嵐昭が、京都について、詳しい知識を持っていたとは、思えない。観光の仕事に就くことは、無理なんじゃないのか?」

「確かに観光案内のような仕事は京都について知識がないと、無理でしょうが、若いから、力仕事のようなことなら、できたんじゃありませんか? 確か京都では、人力車が、何台も走っていたと思うのです。もちろん、人力車を引くにしても、京都観光の知識は、必要でしょうが、若いから、簡単に、京都の観光案内くらいは丸暗記して、人力車を、引いていたんじゃありませんか？」

と、亀井が、いった。

十津川は、すぐ、京都府警に捜査を依頼することにした。まず、五十嵐昭が卒業した高校の卒業アルバムの写真を送ってもらった。その写真を添え、京都府警に、五十嵐昭の経歴を調べてくれるように、頼んだ。

高校を卒業したばかりの十八歳なので、観光の仕事といっても、体を使う力仕事に就いたと思われる。例えば、人力車を引いたり、旅館の下働き、あるいは、観光バスの清掃員やパチンコ店の店員、コンビニの店員など、十津川は、思いつくままに、書き並べて、それをファックスで送った。

一週間後に、京都府警から回答が送られてきた。

〈ご依頼のあった五十嵐昭についての捜査ですが、高校卒業時の写真を、コピーに取り、刑事に持たせて、市内の旅館、あるいは、料亭、そして、人力車の会社などを当たらせました。

しかし、今に至るも、本人をしっている友人、知人、あるいは、本人を雇ったという会社、グループなどは見つかっておりません。

五十嵐昭という名前は、ノンフィクション大賞や、あるいは、今回の殺人事件で、京都でも多くの人間がしっていますが、それでも十二年前から十三年前に、うちで使ったとか、仕事を探しにやってきたという話は、まったく、きこえてきません。

失礼ですが、五十嵐昭という十代後半の少年が、仕事を探して、東京の北千住から京都にきたというのは、間違いではありませんか？　ほかの場所にいったのではないかと、こちらでは、考えています。

もちろん、今後も引き続き、当たってみるつもりではおりますが、どうも京都で就職したというのは、違うような気がして、仕方がありません。

以上、ご報告まで。

京都府警捜査一課　田口純〉

十二年前、十八歳の五十嵐昭が、京都にいくといって、アパートを出ていったと、当時の大家は、証言しているが、もし、京都以外のところにいったとすれば、これで手がかりがなくなってしまうし、京都を調べても意味がなくなる。

十津川と亀井は、もう一度、五十嵐昭のライター仲間に会って、話をきいてみることにした。

先日は、四谷三丁目にある、日本NFクラブにいって、事務局長の有島と、若杉という若いライター仲間から、話をきいたのだが、今度は、別のライターたちや、あるいは、五十嵐が、これまでに四冊の本を出した出版社の編集者に当たってみることにした。

十津川たちは、四冊のうちの二冊を出版しているD出版にいき、編集者と、たまたまそこにきていた数人の、五十嵐の仲間のライターと、話を交わした。

D出版が、応接室を提供してくれたので、そこで、コーヒーを飲みながらの話になった。

十津川は、正直に、捜査が難航していることを伝えてから、

「五十嵐さんには、三十歳で亡くなるまで、経歴のなかに、二つの、空白期間があります。最初の空白は、高校を卒業して上京してから二十歳までの三年間、そして、もう一つは大賞を受賞してからの二年間の空白です。後者については、大賞を受賞したので、次の作品に対して慎重になっていたためだろうと、納得でき

るのですが、わからないのは、上京したあとの三年間の空白です。われわれとしては、何とかして、この最初の、三年間の空白を埋めたいと考えています」

「しかし、高校を卒業した十八歳から二十歳までの三年間でしょう？　その間がはっきりしないというのも、別におかしいことだと思いませんけどね」

と、ライターのひとりが、いった。

「私は、大学を出ていません。というのは、貧乏な家庭の生まれで、小さな兄弟が、たくさんいましたからね。高校を出たらすぐ、金を稼ぐために、働かなければならなかったんですよ。ただ、その頃から、将来は、作家になりたいと思っていました。この二つが重なって、大会社に就職することができず、いわゆる派遣で、働きながら、原稿を書いていましてね。果たして、そのことがよかったのか、悪かったのかはわかりませんが、ライターとして芽が出たのは、つい、最近になってからです。その間、今もいったように、私は、正社員になったことが一度もありませんから、履歴書を書くとすると、小さな中小企業の名前ばかりが、ずらりと並ぶんですよ。そのうちのほとんどの会社が、今は潰れてしまってありませんから、書いても仕方がないから、書きません。それと同じことが、五十嵐にも、あったんじゃありませんか？　彼から、十八歳から二十歳にかけての話はきいたことはありませんが、私と、似たようなことが、あったんじゃないかと思いますね。だから、警察が調べても、何もわからないんですよ。五十嵐は、二十一歳になってからF大に入って、中途退学していますよね？　だから、十八歳で、上京してから二十歳までの間、私と同じように、小さな、中小企業を転々としていたんじゃないか。多くの会社は、潰れているから、書いても仕方がない。だから、書かない。その間の、経歴がよくわからないというのは、たぶん、そういうことだと思いますね。でも、それで、いいじゃありませんか？　別に、悪いことをしていたんじゃないんですから」

日本NFクラブに所属しているなかでは、最高齢といわれている七十歳の作家は、次のような意見を、いった。

「私は何回か、五十嵐昭君と話をしたことがありますがね。彼は、非常に、負けず嫌いの性格です。それに福島県の、会津の生まれですから、子供の時から文武両道の達人を、目指していたといっていました。体型的に見ると、彼は、なで肩なのですが、それがいやだといっていたし、必死になって武道に励んでいた時期もあるとも、いっていました。そういう、負けず嫌いの性格ですから、高校を卒業して上京したあとも、大学は国立大学を狙っていたんじゃないかと、思うんですよ。東大とか、京大とかね。ところが、彼は、いわゆる田舎の秀才で、いくら受験しても合格できなかった。それが、三年間も続いたんじゃないですか？　その間、アルバイトをいっぱいしていた。そういう仕事なら、東京という街には、いくらでもありますからね。そして、三年間頑張ってみたものの、自分の実力では、国立大学は無理だと悟って、F大学を受けて合格した。彼が京都にいったというのは、もしかすると、京大を受験しにいったんじゃありませんか？　それなら、向こうでいくら調べても、彼が働いていた場所がわからないというのも、納得できるんじゃないかと思いますがね」

七十歳の作家は、さらに続けて、

「十津川さんの話のなかでよくわからないのは、どうして、その三年間が、捜査の対象に、なっているのかということなんですよ。五十嵐昭君が殺されたのは、ライターになってからで、二年前に大賞を受賞するまでに彼が書いたものが原因になっていると、私は思っているのですよ。だから、私には、二十歳の頃の空白期間が、殺人の原因になっているとは、どうしても思えませんがね。そのあたりは、どうなんですか？」

十津川は、正直に答えた。

「今、ご指摘があったように、われわれも、五十嵐昭さんが、殺された理由は、彼がノンフィクションの作品を、本にし、それが話題になっているからだと、考えていました。特に、大賞を受賞した『孤独であることは罪か?』という本では、ベストセラーとなると同時に、批判や、抗議が殺到し、脅迫の電話や手紙も、たくさんきたときいています。しかし、それが、今回の殺人事件にまで、発展したという証拠もありません。それで逆に、五十嵐昭さんが、まだ本を書いていなかった時代が、問題なのではないかと考え、十八歳から二十歳までの三年間と、大賞を受賞したあとの二年間の、書かない時代を調べているわけですが、この期間が、殺人の動機になっていると、決めつけているわけでは、ありません」

確かに、多くの作家には、無名時代というか、作家になるまでの、雌伏《しふく》の時代がある。それが短い人もいれば、長い人もいるが、その間は、作家になるための努力、原稿を書いて新人賞に、応募するとか、あるいは、出版社に持ちこんで、売りこむとか、そういうことをするものだ。それはわかっているのだが、その間、生活のために働いていたことについては、はっきりしないことが多いし、作家自身も語ることが少ない。

いずれにしても、原稿を書く時間が大事なので、いわゆるアルバイトの、腰かけ仕事をする人が多いし、働いた小さな会社は、潰れてしまっていることが多くて、調べたくても、調べようがないのである。

五十嵐昭のライター仲間が、異口同音にいったのは、十八歳から二十歳までの、ライターでなかった三年間は、社会に対して影響力を持っていないから、今度の殺人の動機にはなっていないだろうということだった。

それでも、十津川は、その三年間について、彼等と同じように考えることはできなかった。どんな小さなことでも、それがある時、突然、殺人の動機に、結びつくことがあるからである。

そのため、十津川は、さらに喜多方の母親に対して、高校時代の、五十嵐昭の写真や手紙があれば、すぐに送ってくれと、頼んでおいた。

その母親から、茶封筒に入った写真が十数枚送られてきた。添えられた手紙には、

〈あの子の、高校時代の写真です〉

と、あった。

喜多方が、会津若松の近くにある街だけに、白虎隊にちなんだものが多かった。そのなかで、十津川の目を惹いたのは、毎年おこなわれる、白虎隊祭りの写

真である。

その時、高校生のなかから選ばれた五人の若者が、白虎隊士に扮して剣舞を舞う。それが、白虎隊祭りの売り物になっている。

母親の説明には、

〈この五人には、普通、女子高校生が扮するのですが、そのなかで、男子ではひとりだけ、あの子が選ばれて、剣舞を舞っています。その写真です〉

と、書いてあった。

大きく引き伸ばしたものを、十津川が見ていると、

「楽しそうですね」

と、亀井が、声をかけてきた。

「これを見ていると、どうしても楽しくなってきてしまうんだ」

十津川は、五人の高校生の剣舞の写真を、亀井にも見せた。

写真は二枚、剣舞の途中の写真と、最後に、お互いに相手を刺して自刃《じじん》するシーンの写真である。

「確かに、こうして見ると、なかなか美しい写真ですね」

と、亀井が、いった。

「そうなんだよ。これは、白虎隊士が燃える城を見て、戦いが負けたと思ってしまって自刃するところなんだが、全員が、十六歳か十七歳の少年たちだ。それが、剣舞になっている。不思議だと思うのは、この剣舞だよ。本当なら、勇壮であるべきだ。何しろ、会津のモットーは、武だからね。だからといって、自刃する、白虎隊の隊士が、髭面だったら、まったく、似合わない。武と同時に美だからね。だから、毎年、剣舞を舞う白虎隊士に扮するのは、男子生徒ではなくて、女子生徒ということになっているらしい。そのなかにひとりだけ、男子生徒の五十嵐昭が混ざっている。この五人の一番右端に写っているのが、五十嵐昭だ」

「確かに、白虎隊の活躍は、勇壮ですが、髭面の大人の顔をした白虎隊士というのは、いただけませんね。全員が少年で、それも、できることなら、美少年であってほしいですね。矛盾しているかもしれませんが、それが人間の感情というものかもしれません。それにしても、これを見ると、高校時代の五十嵐昭というのは、なかなかの美少年だったんですね」

「ある先輩のライターは、こんなことをいっていた。高校時代、五十嵐昭は、なで肩を、密かに、気にしていて、必死になって、剣道を習ったそうだ。しかし、こうして、女子高校生四人と一緒に、白虎隊の隊士に扮していると、なで肩のほうが、かえって美しく見えるね」

と、十津川が、いった。

十津川は、五十嵐昭が、二年前に大賞をもらった時の「孤独であることは罪か？」という本を取り出した。その一ページに、五十嵐昭の写真が、載っている。

「今まで、気にしていなかったんだが、こうして見ると、三十歳になった五十嵐昭も、かなりの、美男子なんだね」

と、感心したように、十津川が、いった。

「これなら、女性にもモテますよ」

と、亀井が、いう。

「そうだ。だから、山崎由紀という彼女が、いたんだよ」

と、十津川が、いった。

2

松江市と一畑電車が共同で、不昧公生誕二百五十五年を記念したイベントを、大々的におこなうことになった。それは、最近になって日本の歴史を見直そうという空気が、全国的に広がっていることもあるし、もう一つは、一畑電車の三枝広報部長が、不昧公こと松平治郷に扮した二宮啓介の映画のＤＶＤを、手に入れたこともあったらしい。

映画のなかで、二宮啓介は、不昧公と呼ばれた松平治郷を、堂々と演じている。その写真を何枚かパネルにして、松江市内に飾り、あるいは、一畑電車の各駅にも貼ろうというのである。これには、松江にある不昧公顕彰委員会も賛成した。

今まで多くのドラマが、幕末を描いている。しかし、幕末、江戸最後の風流人といわれた松平治郷を描いたものは、ほとんどない。その、稀少な映画が見つかったのである。だから、郷土を挙げて、松平治郷を売り出そうというのだろう。

三枝は、そのパネルを、二枚、松江警察署の捜査本部に持ってきた。

横山警部に会うと、三枝は、

「できれば、これを、捜査本部にも掲げてくれませんか？」

と、いった。

横山は、一応、

「ありがとうございます」

と、礼をいったが、

「この写真を、捜査員は、どんなふうに見たらいいんですかね？　不昧公こと松平治郷と見たらいいんでしょうか？　それとも、殺された二宮啓介こと、田宮始と見たらいいんですか？」

「どちらでも、結構ですよ。今まで私は、田宮始さんが、田宮始として、殺されたのか、それとも、二宮啓介として、殺されたのかがわからなかったのですが、殺されここにきて、ひょっとすると、もうひとり、彼が映画のなかで、演じていた不昧公こと松平治郷として、殺されたのかもしれないと考えるようになりました。これは、会社が不昧公の宣伝をするので、そう思ってしまうのかもしれませんが、そんなことまで考えてしまうのです」

と、三枝が、いった。

結局、捜査本部に、パネルを、二枚も飾ることはできないので、横山は、二枚のうちの一枚をもらった。

「このパネルの下のほうに『江戸の雪』という映画の題名が、書いてありますが、どういう意味なんですかね？」

と、横山が、きいた。

「これは、映画会社の受け売りなんですが、不昧公は晩年、江戸に、隠居所を設けて、その茶室に大名を迎えたり、文化人を、招いたりしているのです。特に、雪が降っている時は、あたりが、深々として、気持ちが落ち着くので、不昧公は、そのなかで、お茶を点てるのが好きだったようです。大名も呼んでいますが、今いったように、当時の、江戸の文化人も呼んでいるのです。曲亭馬琴とか、十返舎一九とか、あるいは、喜多川歌麿といった浮世絵師も呼んでいるし、歌舞伎役者も呼んでいたようです。不昧公が開催する茶会は、質素でも、華やかな茶会だったといわれています。そして、大名や文化人たちは、江戸に雪が降ると、そろそろ、不昧公こと松平治郷から、茶会の誘いがくるのではないかと、そう思ったそうで、それで、この『江戸の雪』というタイトルがつけられたときいています」

「なるほど。ところで、三枝さんは、お茶をやられるのですか？」

と、横山が、きいた。

「亡くなった母親は、裏千家でしたが、私自身は、社長から、宣伝を頼まれたので、今、慌ててお茶の稽古を、やっています。今回の殺人事件が解決したら、私の開催する茶会に、横山さんも、お招きしますよ」

と、いって、三枝は、帰っていった。

松平治郷生誕二百五十五年という大宣伝が効いたせいか、再び、松江を訪れる観光客の数が多くなってきた。そして、その観光客たちは、不昧公こと松平治郷に扮した二宮啓介こと田宮始の写真を追うように、一畑電車に乗って、ルイス・C・ティファニー庭園美術館前駅にやってくる。そのことが、今回の殺人事件の解決に近づくことになるのか、それとも遠ざかることになるのか、横山にもわからなかった。

その一つの引っかかりが依然として、五十嵐昭の名刺だった。

警視庁の十津川の話によれば、殺された五十嵐昭は、ノンフィクションのライターらしく、二百枚近い名刺を配っている。しかし、その一枚一枚についての、渡した相手の記録が残っていないので、捜すのは、難しいということだった。

また、田宮始を殺した犯人が、名刺を、駅長服の胸ポケットに入れたのは、間違いないが、その犯人が直接、五十嵐昭から、名刺をもらったのか、あるいは、誰かがもらった名刺を手に入れたのか、あるいは、拾ったのかも、わからない。

その上、五十嵐昭が配った名刺の相手全部のリストがないといわれると、名刺についての追跡は、難しそうだった。

そんなことを、考えていた時に、十津川から電話が入った。

「今、東京で殺された五十嵐昭と、そちらで殺された田宮始との接点を、必死になって追い求めているのですが、残念ながら、まだ、見つかっていません」

と、十津川が、いう。

「こちらもですよ。これだけ調べてもわからないとなると、ひょっとすると、二人の間には、接点は何もないのかもしれませんね。たまたま犯人が、五十嵐昭の名刺を持っていたので、それを、利用したということかもしれません」

「そちらでは今、歴史ブームに乗って、不昧公の生誕二百五十五年記念というイベントをやっているそうじゃありませんか？　新聞には、おかげで、松江にくる観光客も増えたし、一畑電車の乗客も増えたと書いてありましたよ」

「ええ、そうなんですよ」

「そのことが、何か、捜査に、影響していますか？」

十津川が、きいた。

「実は、それが、わからなくて困っているんですよ。おかげで、捜査がしやすくなったのか、逆に、難しくなったのかが、まったくわかりません。一畑電車に三枝という広報部長がいるのですが、どうやら、社長から、一畑電車の面子にかけて、今回の殺人事件を解決しろと、かなり強く、ハッパをかけられているようで、時々、その三枝広報部長と会って意見を交換しています」

「邪魔じゃありませんか？」

「正直いって、時には、邪魔だと、思うこともありますね」

と、横山は、笑ってから、

「こちらでは、田宮始が、名誉駅長の田宮始として、殺されたのか、それとも、俳優の二宮啓介として、殺されたのか、その判断がつきかねているのですが、一畑電車のほうは、そのほかに、不昧公こと、松平治郷として殺されたのかもしれないと、そんなことまで、いっているのですよ。そのいい方が、こちらを、混乱させるので困っています」

「その件ですがね、二宮啓介という俳優は、俳優生活三十年といっていましたね？」

「ええ、そうです。十九歳の時から、映画やテレビドラマに出ていたそうですから、三十年です」

「今、二宮啓介が、所属していた劇団に問い合わせているのですが、ひょっとすると、若い頃の二宮啓介は、白虎隊士に、扮したことがあるのではないか？　そんな気がしてきたんですよ」

と、十津川が、いった。

「どうして、そんなことを、考えられたのですか？」

「実は、東京で殺された五十嵐昭ですが、彼は、福島県の喜多方で生まれ育っているのです。そして、会津若松の高校に、通っていました。白虎隊の街ですよ。彼の母親から、送られてきた何枚かの写真には、五十嵐昭が高校生の時、白虎隊祭りに、参加して、白虎隊士に扮して、剣舞を舞っている様子が写っていました。勇壮な踊りではありますが、大人のわれわれが見ると、美しくて可憐な白虎隊の少年隊士に見えるのです」

と、十津川が、いった。

話をきいていて横山は、当惑した。その当惑を、正直に口にして、

「それだけの関係ですか？」

「そうなんです。確かに、それだけの関係なんですが、何とかして、二人の間に接点を見つけたいと思いましてね。その結果がわかったら、ご報告しますよ」

十津川は、いって、電話を切った。

その二時間後に、また、十津川から電話が入った。

「わかりましたよ。二宮啓介は『会津の華』という映画に、出ていました。二宮

啓介が三十九歳から四十歳にかけて撮影された映画で、もちろん、映画のなかに白虎隊は、出てきますが、二宮啓介は、白虎隊士に扮しているわけではなくて、苦悩する会津藩の、城代家老に扮しています。それから、会津戦争で、二宮啓介扮する、城代家老の娘二人が、娘子隊という、女白虎隊といった感じの隊を作り政府軍と戦っているのです。大変な美人姉妹だったようで、攻撃した政府軍も、二人の美しさに、見惚れたといわれています。当時、姉は二十四歳、妹は十六歳で、その映画会社によると、その妹のほうと、白虎隊士のひとりが、恋仲だったという設定に、なっているのだそうです」

「しかし、五十嵐昭は、もちろん、その映画には、出ていないわけでしょう？　彼は、俳優では、ないのですから」

「ええ、出ていませんが、この映画が撮られたのは、今から、十三年前ですから、五十嵐昭が、会津若松の高校に通っていた頃で、最上級生の、三年生でした。さっきの電話でもいいましたように、この時、白虎隊祭りで、五十嵐昭は、白虎隊士のひとりに扮して、剣舞を舞っています。まだわかっていませんが、映画のロケにいった二宮啓介や、映画監督たちは、五十嵐昭たちの剣舞を見ていたのではないかと、そんな気がしているのです。その点を、この映画を作った映画会社に、詳しくきいてみようと思っています。何かわかりましたら、また電話しますよ」

と、十津川は、いった。

その日、十津川からの、三度目の電話はなくて、翌日の夕方になって、電話の代わりに、東京から、封筒が送られてきた。そのなかに入っていたのは、十数枚のスチール写真と、十津川の手紙だった。

十津川の手紙には、こうあった。

〈この映画は、M映画が、今から十三年前に作った『会津の華』という映画です。二宮啓介は、会津藩の城代家老に扮して、出演しています。

会津若松でロケをして、白虎隊や、苦悩する城代家老のことを調べています。同封の写真を見るとわかりますが、ロケの途中で、当時高校三年生だった五十嵐昭が、白虎隊士に扮して剣舞を舞っている舞台を、監督やあるいは、白虎隊士に扮した若い俳優たちとが一緒に見にいっている写真が入っています。

その後、白虎隊士に扮した五十嵐昭と、城代家老に扮した二宮啓介が、向こうの、地元テレビに出演し、対談をしたことが、わかりましたが、残念ながら、その時の写真は、残っていないそうです。この映画は、やっと見つけた二人の接点だということはいえますが、もちろん、これが、殺人にまで発展したかどうかはわかりません〉

これが、十津川からの手紙の内容だった。

十数枚のスチール写真を、横山は、一枚ずつ丁寧に見ていった。

そのほとんどが「会津の華」と題された映画の写真で、最後の二枚が、高校三年生の時の五十嵐昭が、白虎隊士に扮して、ほかの四人と一緒に剣舞を舞っている舞台の写真と、それを、熱心に見ている二宮啓介や映画監督、あるいは、若い俳優たちが写っているものだった。

もう一枚、

〈これはスチール写真ではなくて、白虎隊記念館にあった絵です〉

と、書かれている写真があった。

それは、二宮啓介が扮した、城代家老の娘で美しい姉妹が、鉢巻を締め、なぎなたを振りかざして、政府軍と戦っている姿を描いた絵を、写真に撮ったものだった。

手紙には、

〈この姉妹の姉のほうが、政府軍の弾丸に当たって亡くなっています。この姉妹のことは、会津では、白虎隊と同じくらいに有名だそうです〉

と、書いてあった。

「会津の華」という映画では、この美人姉妹の妹のほう、当時十六歳だった娘と、白虎隊の十七歳の隊士との、秘めたる恋が描かれているという。

横山が、一畑電車の三枝広報部長を呼んで、この写真を見せると、案の定、大喜びになった。

「早速、このスチール写真も、宣伝に加えますよ。白虎隊は、この松江でも、大人気です。それに、松江藩も、会津藩も、徳川の親藩ですから」

「しかし、このことを、今回の殺人事件と結びつけることは危険だと、私は、思っているんですよ。先入観を持って捜査をすると、失敗することが多いですからね」

と、横山が釘を刺した。

「それはすべて、そちらにお任せしますよ。私としては、ひょっとすると、犯人は、こうした歴史に興味を持っている人物ではないかと、そう思っているだけですから」

三枝は、ひとり合点をして、スチール写真を五枚持って、帰っていった。

横山は、このあと、三枝が最後に残した言葉が、急に気になってきた。

3

横山警部は、自分の気になったことを、その日の捜査会議で披露した。

「今日訪ねてきた一畑電車の、三枝広報部長がいっていたのですが、今まで一畑電車では、田宮始を、名誉駅長にしていましたから、田宮始として、犯人に殺されたのか、それとも、映画俳優の、二宮啓介として殺されたのかがわからなかったが、今度は、不昧公こと、松平治郷が加わったといっているのです」

「それは、どういう意味かね？」

「つまり、不昧公こと、松平治郷として殺された可能性もある。そんなことをいっていたのです。その言葉が、何となく、引っかかるのです」

横山が、いうと、県警本部長は、

「しかしだね、松平治郷といえば、文化文政の頃の、松江藩主だ。松江の人間ならよくしっているが、一般の人には、あまりなじみが、ないんじゃないのか？　そんな二百五十五年も前の人物が原因で、平成の現在に、殺人事件が起きたなんて考えにくいじゃないか？　あまりにも、現実離れした解釈だからな」

「いや、本部長。そういうことじゃないんです」

と、横山が、いった。

「拳銃を、二発も撃っていることから、おそらく、犯人は、男性、それも、若い男だと思っていますが、今、若い男が、意外に歴史好きだということがあるんですよ。特に、最近は、坂本龍馬《さかもとりょうま》や新撰組が、もてはやされていますから、幕末の歴史に詳しい人物は、多いと思うのです。仮に、今回の犯人も、そういう男だとしましょう。一般の人たちとは違って、幕末に先立つ少し前、文化文政に生きた松平治郷について、詳しいかもしれませんし、一畑電車の名誉駅長になった二宮啓介が、かつて、映画『江戸の雪』に出演して、松平治郷に、扮していたこともしっていたと思うのです」

「歴史好きかもしれないが、今現在、単なる歴史好きが、名誉駅長を務めていた、二宮啓介を拳銃で、撃つかね？」

「その疑問は、もちろん、私も、持っていました。ところが、今回、警視庁の十津川警部が、この写真を送ってくれました」

横山は、二宮啓介が会津藩の城代家老に扮した映画「会津の華」のスチール写真を、本部長の前に、置いた。

「これは、二宮啓介が十三年前に『会津の華』という映画に、出演した時のスチール写真です。この映画は、会津若松にも、ロケをしています。単なる偶然かも、しれませんが、その時、例の名刺の主、五十嵐昭は、会津若松の高校に、通っている高校三年生でした。それだけではなく、写真をご覧になっていただければ、わかりますが、白虎隊祭りで、白虎隊の隊士に扮し、ほかの四人と一緒に剣舞を舞っていて、その剣舞を、ロケにきた映画監督や、城代家老に扮した二宮啓介が、見ているのです。その後、地元のテレビで、城代家老に扮した二宮啓介と白虎隊士の五十嵐昭が、対談をしたそうです。残念ながら、その写真は残っていませんが。しかし、もし、犯人が、歴史好きだとすれば、この映画も見ているのではないでしょうか？　そして、ひょっとすると『江戸の雪』で、松平治郷に扮した二宮啓介『会津の華』で会津藩の城代家老に扮した、二宮啓介のファンだったのでは、ないでしょうか？　歴史好きで、その上、二宮啓介の、ファンで、二つの映画を何回も見ている男が、いたとします。男の好きな、その二宮啓介が、三十年間続けてきた俳優を引退して、地方鉄道の、小さな駅の名誉駅長になっているのです。もしかすると、犯人にはそれが気に入らなかったのかもしれません」

「それは、あくまでも、君の単なる推測であって、普通に考えれば、あり得ない話じゃないのかね？」

「普通の人間の目で、見てみれば、この二つは、関係がないと、思います。また、田宮始こと二宮啓介が、一畑電車の小さな駅の名誉駅長になったことは、鉄道ファンなら、嬉しいでしょうね。それで、二宮啓介が、名誉駅長になったことが嬉しくて、どっと押しかけてきて、サインをもとめていたのだと思います。しかし、歴史ファンは、違った見方を、していたのかもしれません。彼は、二宮啓介が『江戸の雪』という映画に出演して、不昧公こと松平治郷に扮したこともしっていたし『会津の華』という映画で、城代家老に扮したこともしっていました。彼は、さらに、二宮啓介に、歴史上の大人物を演じてもらいたかったのに地方鉄道の小さな駅の名誉駅長に収まって、喜んでいる。そのことに、無性に腹が立ったのではないでしょうか？　しかし、二宮啓介のファンだから、その怒りが、彼を、小さな駅に引っ張っていった、一畑電車にも腹が立った。そこで、田宮始を殺し、その胸ポケットに『くたばれ。一畑電車』と書いた名刺を、入れておいた。今までは、その名刺の主、五十嵐昭と、田宮始とは、何の関係もないと、思っていたのですが、警視庁から送られてきた写真を見れば、田宮始こと二宮啓介と、五十嵐昭とは、意外なところに接点があったのです。もちろん、その接点が、今回の事件と、どう結びついているのかは、まだ、わかっていませんが、少なくとも、接点があったことだけはわかりました」

横山は、重ねて強調した。

「映画ファンの犯行か？」

「いいえ、歴史ファンです。自分の好きな、幕末を描いた日本の映画に出演していた二宮啓介の、ファンでもあったのではないかと考えます。映画ファンならば、あるいは、鉄道ファンなら、田宮始こと二宮啓介が、一畑電車の小さな駅の名誉駅長になったことを、歓迎するでしょうが、歴史ファンで、二宮啓介ファンの犯人は、それが、許せなかったのではないかと、考えるようになってきました」

「今、君は、犯人は男、それも、若い男だといったが、その犯人像には、自信があるのかね？」

県警本部長が、きいた。

「今回の犯人は、拳銃を二発撃って、いずれも、被害者である、田宮始の心臓に命中させています。摘出した弾丸から見て、犯人が使ったのは、婦人用の軽い拳銃ではありません。鑑識課によると、ロシア製、あるいは、中国製の、トカレフ銃ではないかということです。トカレフ銃という拳銃は、重たいので、有名です。だとすれば、犯人は男で、若い男ではないかと、考えています。この犯人像は、まず、間違いありません」

横山は、自信を持って、いった。

松江市と一畑電車が協賛する松平治郷生誕二百五十五年記念のイベントは、規模を大きくしていって、今度は、親藩同士として、会津藩との間に歴史協定のようなものを結び、記念祭に、会津の人たちを招待しよう。そして、白虎隊士の剣舞を見せてもらおうということになってきた。

「会津若松市と福島県も、こちらの誘いに、ＯＫをしてくれたんですよ。これで、大きなお祭りになりますよ」

三枝広報部長が、満面の笑顔で、横山に、いった。

「これには、二宮啓介さんが、両方の藩を、それぞれテーマにした、二本の映画に出演していることも、大きいんです。二宮啓介さんは、会津の生まれでも、この松江の生まれでも、ありませんが、会津戦争の映画では、城代家老に扮しているし、幕末を舞台にした映画では、松平治郷に、扮していますからね。いってみれば、二宮啓介さんが、仲人になって、松江市と会津若松市が手を握って一緒にお祭りをやる。そういうことになって、うちの社長も大喜びですよ。何しろ、観光客がどっと、きてくれるでしょうからね。松平治郷生誕二百五十五年記念のお祭りでは、今までのように、お茶会だけでは、ちょっと寂しいなと思っていたのですが、白虎隊士の剣舞も見られます。お客さんも喜びますよ」

三枝は、やたらにひとりで、盛りあがっていた。

「そのことなんですがね、前にお会いした時、三枝さんが、ぽつりと、ひと言いわれた言葉が、今、われわれの捜査本部では、問題になっているのです」

と、横山が、いった。

「私、何か問題になるようなこと、いいましたか？」

「今回の事件は、映画ファンと歴史ファンとが関わっているのではないかと思っていたのですが、それに、松平治郷のファンまで、広がってしまった。そうしたのは、あなたですよ」

と、横山は、三枝に、いった。

「そんなことを、いいましたか？」

「それで、われわれとしては、犯人は最初、鉄道ファンだと、考えていたんですがね。あなたのひと言で、犯人は鉄道ファンではなくて、歴史ファンではないかと、思うようになったのです」

「それは、どういうことですか？」

「歴史ブームですからね。若い男でも、歴史好きな人間が、増えているんです。今の歴史ファンというのは、特に幕末の時代が好きで、松江城主だった松平治郷のこともよくしっています。会津戦争のこともですよ。その上、松平治郷に扮した二宮啓介のことも好きで、彼のファンでもある。一方、会津戦争では、苦悩する会津藩の城代家老に扮した二宮啓介のことが好きだった。会津戦争には、華やかな、白虎隊の奮戦も、当然出てきますからね。そこで、犯人は、こんなふうに考えたのではないかと、思ったのですよ。歴史好きだから、松江藩のことも、会津藩のことも、よく研究していた。それに関係のある二つの映画に出演している二宮啓介も好きだった。ところが、その二宮啓介が、あろうことか、一畑電車の、小さな駅の名誉駅長になって喜んでいる。犯人には、それが、許せなかったのではないか。だからといって、二宮啓介のファンだから、そのことで、責めることはできません。そうなると、二宮啓介を採用して、小さな駅の名誉駅長にしてしまった一畑電車のことは、どうしても、許せなかったんですよ。それに甘んじている二宮啓介も許せない。だから、二宮啓介を殺したあと『くたばれ。一畑電車』と書いた名刺を胸ポケットに入れておいたんです。われわれは、そんなふうに、推理してみたのですよ。この考えには、本部長も、納得しています」

「なるほど。犯人は、鉄道ファンではなくて、歴史ファンですか。そのこと自体には、ほっとしますが、それで一畑電車が憎まれたというのは、何とも困ったものですね」

三枝は、苦虫を噛み潰したような顔をした。これでは、何のために、田宮始を名誉駅長にしたのかわからないからだろう。

三枝は、少し考えてから、

「一つ、おききしたいんですが」

「何でしょう？」

「警察は、五十嵐昭の名刺を、胸ポケットに入れた人物と、今回、田宮始を殺した人物は、同一人だと、見ているのですか？　つまり、二人を殺したのは、同一犯かということですが」

三枝が、きいた。

「われわれも、警視庁も、そのように、考えています。しかし、今のところ、証拠はありませんし、名刺の件は、単なる偶然かもしれません」

横山は、慎重ないい方をした。

「これは、社長から、確認してくるようにといわれたのですが、松平治郷生誕二百五十五年記念イベントは、大々的にやっても、構いませんね？　捜査の邪魔には、なりませんね？」

「自粛して下さいといっても、盛大にやるんじゃありませんか？」

「そうですね。ここまで進んできましたから、いまさら、縮小はできませんし、会津の人たちに、きてくれるなというわけにも、いきませんから」

三枝は、やっと笑顔になった。

第四章　友愛クラブ

1

十津川は、内房線《うちぼう》を、館山《たてやま》で降りた。

今日は、十津川ひとりの捜査である。いつも一緒の亀井刑事には、若い刑事を連れて、島根にいってもらっている。

館山の付近は南房総と呼ばれ、菜の花畑で有名だが、肝心の菜の花は、三月に、出荷されていて、今はもう、どこにも、見当たらなかった。その代わり、夏になると、このあたり一面は、ひまわりの群落になるといわれる。

十津川は、駅前からバスに乗り、城山公園に、向かった。

問題の友愛クラブの建物は、城山公園から歩いて七、八分のところにあると、教えられたからである。

城山公園で、バスを降りる。

十津川は「南総里見八犬伝《なんそうさとみはっけんでん》」というのは、完全なフィクションだと、思っていた。それが今回、南房総にきて、里見家が、実在した大名で、最後の当主が亡くなった時、八人の家臣が一緒に、自刃したという、それが「南総里見八犬伝」のモデルだとしった。

十津川は、八人の家臣たちの墓に詣でてから、友愛クラブの建物に向かって、歩き出した。

その建物の近くまでくると、若い女性から声をかけられた。

五十嵐昭と、親しかったといわれる、作家の山崎由紀だった。そばに東京ナンバーの車があったから、彼女は東京から、車を運転してきたらしい。

「あなたは、何かの、取材でいらっしゃったんですか？」

と、十津川が、きいた。

「五十嵐さんが、ここの友愛クラブを取材して、本を出したでしょ。同じ出版社から、その後の友愛クラブについて、書いてみないかと、いわれたのです。刑事さんは？」

「五十嵐さんを殺した犯人の目星が、なかなかつきませんでね。それで、もう一度、この友愛クラブのことを、調べてみようと思って、きたわけです」

「助かったわ」

と、由紀が、いう。

「何がですか？」

「私ひとりだと押しが利かないけど、刑事さんが一緒なら、向こうも正直に、いろいろと、話してくれるんじゃないかと思って。今日、私は、十津川さんの部下の女性刑事ということにしてくださいね」

と、いって、由紀が、笑った。

十津川は、警察手帳を示して、現在の理事長、塩田達郎《しおたたつろう》という、五十歳の男に会った。前の理事長、小池智朗は六十五歳だから、十五歳若返ったことになる。

「前の理事長の、小池智朗さんは、この友愛クラブと完全に関係がなくなったんですか？」

と、まず、十津川が、きいた。

「もちろんです。今は、小池さんとは、何の関係もありません」

と、塩田が、答える。

「しかし、小池さんは、資産家で、この土地、建物が、小池前理事長の名義になっていたときいていますが、その点は、解決しているんですか？」

「ええ、もちろん、解決していますよ。この土地、建物は、小池夫妻が、手放して、現在は、銀行が買い取ったことになっています。ええ、Y銀行です」

「銀行が、単なる慈善事業で、こうした友愛クラブのようなものを、経営するとは考えられないから、将来的には、どうなるんですか？」

「私としては、自治体が、買い取って経営してくれるのが一番いいと、思っています」

「自治体というと、館山市ですか？」

「館山市か、あるいは、千葉県がということです」

「それは、うまくいきそうなんですか？」

「早く買い取ってほしいと、県や市に陳情はしているんですが、何しろどこも財政難ですから、今のところ、まったくの白紙です」

「銀行だって、ただ、買い取っただけではないでしょう？　銀行は小池夫妻から、いくらで、この友愛クラブを、買い取ったのですか？」

「私がきいているところでは、約八億五千万円だそうです」

「今、Y銀行が買い取ったのだとすると、家賃は、どうなっているのですか？払って、いるんですか？」

「そうしたことがいろいろと書かれて、困っています。利益は、ほとんどあがっていません。ですから、銀行に対する家賃も、払っていません。現在、家賃分は、館山市が、払ってくれていますが、それも、議会で問題になって、今年いっぱいで、打ち切りになるといわれているのです。その後、どうしたらいいか、今、考慮中です」

塩田理事長が、目をしばたたかせた。

「今、塩田理事長は、現在、クラブの土地、建物が、Y銀行の持ち物になっているといわれましたけど、正確にいうと、Y銀行館山支店の持ち物でしょう？」

山崎由紀が、横から口を挟んだ。

「そうです」

と、塩田が、うなずく。

「引退した小池夫妻は、Y銀行館山支店に、約八億五千万円で、この土地、建物を売ったわけで、そのお金は、Y銀行館山支店に預けてあるんですか？」

由紀が、きいていく。

「そういう話は、Y銀行に、きいてもらえませんか」

塩田は、明らかに逃げている感じだった。

「もう一つ、小池さんの親戚に当たる人が、現在、館山市議会の、議長をやっていらっしゃるときいたんですが、ご存じですか？」

「いいえ、そういう話も、きいたことはありませんが」

塩田は、相変わらず頼りない答え方をした。

「Y銀行は、この友愛クラブの土地、建物を買い取っているわけだから、いつでも売りに出せるわけでしょう？　こんな不景気の時に、この土地、建物を買おうなんていう人は、Y銀行に、預金のある、小池さんしかいないんじゃありませんか？　そのことを、考えたことがありますか？」

「いや、そういうことは、考えたことはありません」

と、塩田が、いう。

「それでは、これから、Y銀行館山支店にいってみるか？」

十津川が、山崎由紀に、声をかけた。

「そうですね、いってみましょう、警部」

由紀は、わざとらしくいって、腰をあげてから、塩田に向かって、

「後ろの壁にかかっている、友愛という額は、外《はず》したほうが、いいですよ。それ小池さんが書いたものだから」

2

二人は、JR館山駅の駅前にある、Y銀行館山支店にいった。ここでも、十津川の肩書が利いて、アポなしでも、すぐ支店長に、会うことができた。

十津川の肩書が、警視庁捜査一課の警部ということで、支店長も、緊張した顔で、二人を迎えた。

「どうして、捜査一課の警部さんが、うちに見えたのですか？　うちは、殺人事件とは、何の関係も、ありませんが」

支店長は、用心深い口調になっている。

「私たちは今、殺された五十嵐昭さんの事件を追っています。五十嵐昭さんは、ノンフィクションライターで、友愛クラブの問題を扱った作品で、ノンフィクション大賞を、受賞しています。彼が友愛クラブの問題を取りあげたので、前理事長の小池智朗氏は、理事長職を退かなくては、ならなくなったといわれています。それで、こちらにもいろいろと、お話をおききしたいのですが、構いませんか？」

「ええ、どうぞ」

「あの友愛クラブは、もともと小池前理事長の持ち物だった。そこで、手放すに当たって、こちらのY銀行が買い取った。そうきいたのですが、これは本当ですか？」

「ええ、そのとおりですよ」

支店長が、うなずく。

「ああいう施設は、本来、地方自治体が持つべきものだということで、館山市が、買い取ろうとしたのですが、財政難で、すぐには買い取れない。それで、市長さんや市議会に頼まれましてね。一時、こちらで、預かってもらえないか？そういわれたので、Y銀行が、小池前理事長からあの土地、建物を、買い取りました。いわば、うちが、お預かりすることになったんです」

「銀行としては、手放したいのですか？」

「銀行というのは、別に慈善事業をしているわけではありませんし、老人ホームの運営もしていません。そんなことをしていたら、銀行は潰れてしまいますよ。

ですから、なるべく、早い時期に、自治体に買い取ってほしいと思っています」

「約八億五千万円で、前理事長の小池さんから買い取ったと、きいているのですが、その金額に間違いありませんか？」

「ええ、そのとおりです」

「現在は、家賃については、館山市が、払っている？」

「ええ、そうです。うちとしては、最低の家賃しか、いただいていません」

支店長は、少し自慢げにいった。

「小池前理事長が、約八億五千万円で、あの土地、建物を、Y銀行に売った。そのお金は、この支店に預金してあるときいたのですが、本当ですか？」

「そのとおりです。別に問題はないと思いますが」

「もし、今、Y銀行が、あの土地、建物を処分したいといったら、買い取れるのは、前理事長の、小池さんしかいないのではありませんか？」

「それはわかりませんが」

「そのことを考えたことはまったくありませんか？」

と、十津川が、さらに、突っこんだ。

「私は考えたことは、ありませんが、本店のほうでは、取締役会の議題に、あがったことがあるそうです」

「いつまでも八億五千万円の物件を、銀行で持っていても仕方がない。そういう取締役がいるということですね？」

「そこまでは、私には、わかりません。何しろ、私は、この館山支店の、支店長でしかありませんから」

と、相手が、いった。

次は、山崎由紀の、質問だった。

「小池さんの親戚の人が、現在、館山市議会の議長をやっていらっしゃるのですが、そのことは、ご存じですか？」

由紀は、友愛クラブでしたと同じことを、きいた。

「ええ、もちろん、しっています」

「その人も、ここに、預金を持っているんですか？　持っているとすれば、いくらですか？」

「預金は、なさっていますが、金額については、申しわけありませんが、お話しできません」

と、支店長が、いった。

「前理事長の小池さんですが、ほかにも、同じような養護老人ホームを、持っていることは、ご存じですか？」

「そういうことは、しりませんが」

「伊豆《いず》半島に、同じ規模の大きな養護老人ホームを、持っているんですよ。そこにも、確か、Y銀行が融資しているようですが、間違いありませんか？」

「私は、何回もいいますが、単なる支店長でしかありませんから、そういうことは、わかりません」

支店長は、ひたすら、逃げ回っていた。

3

Y銀行を出ると、十津川が、山崎由紀に、きいた。

「さっきの話、本当ですか？」

「さっきの話って？」

「ここの友愛クラブから、引きさがった小池前理事長が、伊豆半島に、同じような施設を持っているという話ですよ」

「ええ、本当です。その施設のことをこれから調べて、五十嵐さんの本の、続編として書きたいと思っているんです」

「その件は、生前の五十嵐さんからきいたんじゃありませんか？」

「前々から五十嵐さんは、施設のことを話していて、ああいう施設や人物は、とことん、追いつめておかないと、また、ゾンビのように復活して出てくるんだって、いっていました」

「そうすると、五十嵐さんが、次に書きたかったのは、大賞を受賞した『孤独であることは罪か？』の続編だったんじゃないのかな？」

十津川が、きくと、

「それは違います」

「どうしてですか？」

「その続きは、俺は書かないから、君が書いてくれ。そういわれて、いましたから」

由紀が、いった。

「それは本当ですか？　間違いありませんか？」

「ええ、本当です。それで私は絶対に、友愛クラブのその後を書いてやろうと、決めていたんです」

「とすると、五十嵐さんが、書こうとしていたのは、ほかのことなんだ」

と、十津川は、呟いた。

その何かがわかれば、少しは、捜査が進展するのではないか。

「私は、これから、伊豆にいきますけど、警部さんは、どうします？　一緒にいきますか？」

由紀が、立ち止まってきいた。

「いや、私は、これから、館山市議会にいってきます」

「こちらの友愛クラブの理事長をやめた小池夫妻は、今いったように、平然と伊豆で同じような老人ホームをやっているんです。もしかしたら、彼が、五十嵐さんを殺した犯人かもしれないじゃないですか？　それでも、警部さんは、いく気はないんですか？」

「今でも平然と、別の老人ホームの理事長をやっているとすれば作家のあなたは、面白い対象かもしれませんが刑事から見ると、逆にそれだけ小池夫妻が殺人を犯す動機が、薄くなってしまいますからね」

と、十津川が、いった。

4

山崎由紀とわかれて、十津川は、館山市議会に電話して、議長に会いたい旨を告げると、現在、市議会が開かれているので、午後六時まで待って、ほしいといわれた。

そこで、会う場所を決めて、六時まで、十津川は歩いて、海を、見にいくことにした。

昔から十津川は、海を見るのが好きだった。仕事に疲れた時、捜査に行き詰った時、ひとりで海を見つめたい時がある。

このあたりの海は、東京湾のなかでも、やはり東京側に比べて、さすがに、汚れていなくて、綺麗だった。

沖に漁船が何艘か出て、漁をしている。

海をじっと見つめていると、今回の事件が始まった時のことからが、思い出されてくる。

五十嵐昭は、自宅マンションで後頭部を殴られ、首を絞められて、殺されていた。

殺されたのは夜、それもかなり遅くである。だから、自分からドアを開けて、犯人を迎え入れたとしか、考えられない。

犯人に対して背中を見せた時に、何か固いもので、後頭部を殴られて、気絶したところを首を絞められて、殺されてしまった。

とすれば、犯人は被害者と親しかった人間、あるいは、用心しなくてもいい人間だと、考えられる。

そうなると、犯人は、彼が四冊の本で取りあげていた相手ではなくて、友人知人のなかに、いるのだろうか？

五十嵐昭が殺されたのは、七月二十四日。その四日後の七月二十八日に、山陰の地方鉄道の小さな駅で、名誉駅長をしていた田宮始が殺された。

その田宮が着ていた駅長服の胸ポケットに、五十嵐昭の名刺が、入っていたことから、この二つの殺人事件は、同一犯の犯行の可能性が、出てきた。

島根県警の横山警部は、同一犯だと考えているし、十津川も、その可能性が高いと、思っている。

殺しの方法は、それぞれ違っている。五十嵐昭は、殴られたあとに、首を絞められて殺され、一方、田宮始のほうは、拳銃で撃たれて殺されているのである。

断定はしていないが、殺しの方法が違うのは、犯人が違うのではなくて、殺人現場の状況の違いだと、考えていた。例えば、ルイス・C・ティファニー庭園美術館前駅の場合は、次の電車がくるまでにとか、いつ乗客がホームに入ってくるかわからない状況のなかの殺人だから、素早く殺せる拳銃を使ったとも考えられるのだ。

十津川は、腕時計に目をやった。まだ五時五分前。約束した六時には、一時間もある。

十津川は、携帯電話を取り出すと、松江にいる亀井刑事に、電話をした。

亀井が出た。

「何だか、賑やかだね」

と、十津川が、いうと、

「今、電車のなかです」

と、亀井が、いう。

「こちらには、テハ50系という昭和三年にできたクラシック電車が、あるんですよ。鉄道マニアにとっては、憧れの電車だそうで、一畑電車では、不昧公松平治郷の生誕二百五十五年ということで、お祭り電車に、この、テハ50系という電車が使用されましてね。今、私と北条刑事が一緒に、乗っているのですが、満員です。全員が、男は侍、女は、御殿女中の格好をしています」

「カメさんもか?」

「ええ、そうです。私も、侍の格好をさせられています」

「カメさんの侍姿か。ぜひ、拝見したいね」

「ただ、昭和三年の電車ですから冷房がないんですよ。窓を開け放していますが、それでも、暑くて参ってます」

と、亀井が、いった。

「なるほど。一畑電車というのは、いろいろな車両が、走っているんだ」

「そうです。今は西武鉄道、京王電鉄、南海電気鉄道の車両が走っていて、それが主役ですが、今いった昭和三年のクラシック電車もちゃんと保存してあって、それをお祭りなどに走らせるんだそうです」

「松江市が、会津若松市と、手を繋いだときいたんだが」

「そうなんですよ。会津若松からの、お客もきています。昨日は、会津若松の高校生が休みを取ってやってきて、こちらの会場で白虎隊士の剣舞を披露しました」

「高校生か？」

「そうです。高校三年生だそうです」

「五十嵐昭も、高校三年生の時に、会津若松の祭りで、白虎隊士に扮して、剣舞を舞ったことがある」

「その写真、警部に、見せていただきました。それが、何か捜査の手がかりになればいいと思っているのですが」

と、亀井が、いう。

「そうか、そっちは、お祭り騒ぎなのか？」

「さっき、一畑電車の三枝広報部長と会いましたが、電鉄会社の人間の逞しさ、それから、松江市長や、島根県知事などの意欲には、圧倒されますね。何しろ、こちらで起きた殺人事件まで、鉄道興しや、街興しに利用しているんですから」

「なるほどね」

「こちらのお祭りは、一カ月続くのですが、その間に、会津若松市長が、やってきて、こちらの松江市長と、姉妹都市宣言をするそうです」

「カメさんはさっき、会津若松の高校生がやってきて、白虎隊士の剣舞を、披露したといったね？」

「ええ、昨日、私と北条刑事で、見物しました」

「もう剣舞はやらないのかね？」

「いや、今もいったように、お祭りは、一カ月続きますから、あと二、三回は、やるんじゃないですか？」

「ビデオカメラを、持っているか？」

「持ってきています」

「その剣舞の模様を、しっかりとビデオに、撮っておいてくれ。どんな高校生が、演じているのかも、調べておいてほしい」

と、十津川は、頼んだ。

「それは、五十嵐昭が会津若松の高校に通っていた三年生の時、選ばれて、白虎隊士の剣舞を舞ったからですね？」

「そうだよ。今もいったように、舞っているのが、どんな高校生なのか、つき添いの教師がきていたら、その教師に、どんな基準で、選んでいるのか、五十嵐昭のことを、しっているかどうかも、きいておいてくれ」

と、十津川が、つけ加えた。

5

十津川は、電話を切ると、立ちあがり、約束した時間に合わせて、館山市議会に向かった。

市議会と、同じビルの一階にある喫茶店にいくと、園田《そのだ》という市議会の議長が、すでにきていて、十津川を待っていた。小柄な、五十五、六歳に見える男である。

十津川が、警察手帳を見せて、

「十津川です」

と、いうと、相手は、名刺を渡してから、

「園田です」

丁寧に、挨拶した。

「以前に、友愛クラブの理事長をやっておられた小池さんとは、ご親戚だとおききしたのですが、本当ですか？」

十津川が、きいた。

「ええ、本当です」

「園田さんから見て、小池さんは、どういう人ですか？」

「そうですね、小池のことを、いろいろと、悪くいう人もいますが、私から見ると、頭が切れて、大きなことのできる人間です。孤独な老人を収容する施設、友愛クラブを、作ったのだって、決して金儲けのためではなくて、孤独な老人を救いたいという思いからだと、私は、理解しています。これは、私の贔屓目かもしれませんが、今の少子高齢化の日本には、彼のような人間が、必要なんじゃ、ありませんかね？　これからの日本は、孤独な老人が、ますます増えていくんですから」

「そうだとすると、小池さんが、友愛クラブの理事長を退いたのは、園田さんにとっても、大変残念なんじゃありませんか？」

「もちろん、残念ですよ」

「そのきっかけになったのは、五十嵐昭さんが書いて、ノンフィクション大賞を受賞した『孤独であることは罪か？』という本が、友愛クラブのことを取りあげたからだと思うのですが、違いますか？」

「そのとおりですよ。あの本のおかげで、小池が作りあげた、友愛クラブに悪い噂が立ち、警察が乗りこんできたり、厚労省が調査に、きたりして、あることないことを、新聞や雑誌に盛んに書き立てられてしまって、その結果、小池は、とうとう、理事長の職を退くことに、なってしまったんです。最後まで、小池は、残念で、仕方がないといっていましたね」

「小池さんは、今も、伊豆半島にある、同じような老人ホームの、理事長をやっているときききましたが、これも、間違いありませんか？」

「ええ、間違いありません。今もいったように、小池という人間は、そういう老人ホームという介護事業から離れられないのですよ」

「だとすると、南房総にある友愛クラブの経営から、手を引かざるを得なくなった時には、小池さんは、相当、悔しかったのではありませんか？」

「もちろんですよ。あんな本、一冊のために、志《こころざし》半ばで、理事長を、やめなくてはならないのは悔しいといって、男泣きに泣いていましたからね」

と、園田が、いった。

「小池さんを、追いつめた五十嵐昭さんというライターですが、その後、七月二十四日に、何者かによって、自宅マンションで、殺されました。園田さんは、そのことも、ご存じですよね？」

「ええ、新聞やテレビで大きく取りあげていましたから、もちろん、しっています」

「小池さんも、あなたも、五十嵐昭さんのことを、憎んでいらっしゃった。これは間違いない事実と思うのですが、その点は、どうですか？　殺したいくらいに、憎んでいらっしゃったのではありませんか、特に小池さんは」

十津川が、きくと、園田は、笑って、

「確かに、五十嵐昭さんが死んだときいた時には、私も小池も、祝杯を挙げましたけどね。しかし、私も小池も、五十嵐昭さんを殺してなんていませんよ」

「しかし、小池さんは、理事長の職を退いた時、悔しくて涙を流していたと、おっしゃいましたが」

「いや、それは、単なる例え話ですよ。悔し涙に、暮れていたように、私には見えましたし、そう感じたんです。しかし、小池は大人ですからね。それに、今、警部さんもいわれたように、現在は、伊豆半島で、同じような老人ホームを経営しているんです。そっちのほうが忙しくて、五十嵐昭さんを殺す暇なんかはないはずです。私だって、市議会のほうが、忙しいのです。館山市も、例によって、財政状態が大変ですから、何とかして、市の財政を、黒字に持っていきたい。殺人をやっている暇なんかないんですよ、ですから、犯人は、私たちじゃありません」

園田が、いった。

「南房総の友愛クラブですが、現在、Y銀行の所有になっていますね。小池前理事長が手放したからです。しかし、銀行のほうでも、いつまでもそんな物件を持っていても仕方がない。そのうちに、手放すんじゃないかと思っているんですが、その時には、小池さんが、また友愛クラブを買い戻すことに、なるんでしょうか？そんなことを、小池さんと話し合ったことは、ありませんか？」

「ありませんよ。世間の中傷と非難のせいで、小池は、あの友愛クラブを、手放したばかりですからね。もし、銀行が買ってくれといってきても、簡単には、買い戻して、もう一度、理事長になるような気は、ないんじゃありませんかね」

と、園田が、いった。

「それでは、あなたの七月二十四日の夜のアリバイを教えていただけませんか？できれば、あなたから小池さんご夫妻に電話をしていただいて、ご夫妻のアリバイもしりたいのですよ」

と、十津川が、いった。

「えーと、五十嵐昭さんの住所は、どこでしたっけ？」

「殺された時は、中野区中野の、マンションに住んでいました」

「中野ですか。それなら、私には、絶対に殺せませんよ」

園田が、嬉しそうな顔をした。

「どうしてですか？」

「私は、七月二十四日の夜は、同じ党派に属する若手の議員二人を連れて、この近くにある料亭で、夕食を共にし、その後、三人で飲みましたから。自宅に帰ったのは、十一時すぎでした」

「店の名前は？」

「平仮名で『たてやま』です。もし、お疑いになるのでしたら、お店に電話をするか、若手の議員に電話をして、きいてみてくだされぱいい」

と、園田が、いった。

その後、園田は、小池夫妻に、電話をかけて、七月二十四日の夜の、アリバイをきいてくれた。

電話を切ると、園田は、

「小池に、七月二十四日の夜は、どうしていたかを、きいたところ、小池は、こんなふうに答えました。西伊豆の堂ヶ島《どうがしま》にある老人介護センター、小池夫妻は現在、このセンターの理事長室で、寝起きをしているのですが、二十四日も、その部屋で夜遅くまで、今後のセンターの運営について、顧問弁護士と一緒に相談をしていたそうです。顧問弁護士の名前は安藤修《あんどうおさむ》で、静岡《しずおか》弁護士会に所属しているそうですよ」

と、教えてくれた。

もちろん、裏が取れるまで、園田の言葉も、小池夫妻のアリバイも、信じることはできなかった。

一応、今の園田の言葉を手帳に、書き留めたあと、

「園田さんは、問題の本を書いた五十嵐昭さんに、お会いになったことはありますか?」

と、十津川がきいた。

「正直にいえば、私も小池夫妻も、五十嵐昭さんに会ったことは、一度も、ないんですよ。もちろん、本は、読みましたよ。それに、あの本のおかげで、南房総の友愛クラブが、今もいったように、警察が調べにきたり、厚労省の役人が調べにきたりして、小池は、とうとう、理事長をやめざるを得なくなったんですが、

私も小池夫妻も、五十嵐昭さんというライターには、会っていないのです」

「しかし、五十嵐昭さんの書いた本のせいで、小池さんは、理事長の職を、追われた。悔しがっていた。あなたの言葉を借りれば、悔し涙を流していた。そうだとすれば、あなたも、小池夫妻も、どうして五十嵐昭さんを、訪ねていって、抗議しなかったのですか？」

と、十津川が、きいた。

「顧問弁護士さんに頼んで、五十嵐昭というライターに、抗議にいってもらいました。しかし、私や小池理事長が、そんなことをしたら、私たちは、ますます自分たちが、批判され、不利な立場に追いこまれる。そう考えたので私も小池夫妻も、直接、五十嵐昭というライターには会ってはいないのですよ」

と、園田は、いった。

この言葉も、証明されるまでは、信じまいと、十津川は、思った。

「あなたも小池夫妻も、五十嵐昭さんには、会っていないという、その言葉は、信じますが、彼の書いた本のおかげで、小池さんは、友愛クラブの理事長の座を、退かざるを得なくなったわけです。悔しかったでしょうから、五十嵐昭さんに対して、脅迫状を書いたり、無言電話をかけたりしたことは、なかったのですか？　実際、殺された五十嵐昭さんのところには、脅迫の手紙がきたり、無言電話が、かかってきたりしていたのですが」

「私たちじゃありませんね。私たちは、そんな幼稚なことは、しませんよ。私も小池も、大人ですから」

「すいませんが、ここに字を書いてもらえませんか？」

十津川は、自分の手帳を、園田の前で、開いた。

「筆跡鑑定ですか？」

園田が、十津川を、睨んだ。

「五十嵐昭さんが、受け取った脅迫状には、パソコンで打ったのではなくて、ボールペンで書かれたものもあるのです。あなたが、そんなものは、書いたことがないとおっしゃるのなら、安心して、そこに字を書けるはずですよ」

「何と書いたらいいんですかね？」

園田が、またジロリと、十津川を睨んだ。

「そうですね。田宮始、かっこして、二宮啓介と書いてください」

と、十津川が、いった。

園田は、十津川から、ボールペンを受け取ると、手帳のページに、田宮始（二宮啓介）と、書いた。

「これでいいんですか？」

「ありがとうございました」

十津川は、礼をいって、立ちあがった。

田宮始のはじめという字は、誰もが迷ってしまう字である。いろいろな字が考えられるからである。田宮始の始は、始まりという字である。それを別に、十津川にききもしないで、園田は、田宮始と書き、そして、二宮啓介と、すんなり書いた。

園田は、田宮始とどこかで、会っているのではないだろうか？　それとも、一畑電車のあの駅にいって、名誉駅長をやっている田宮始に、会っているのではないだろうか？

もし、そうだとしたら、その理由は、何なのか？

6

車体に〈祝　不昧公生誕二百五十五年〉と書かれた昭和三年製のテハ50系のク

ラシック電車が、終点の出雲大社前駅に向かって走っていた。反対側には〈会津若松市と姉妹都市宣言〉と書いてある。

抽選で選ばれた観光客たちは、男は侍の格好、女は御殿女中の格好で、車内で騒いでいた。そのなかには、亀井と北条早苗刑事の姿もあった。

二人とも、ほかの乗客たちと同じように、侍と御殿女中の格好をしている。乗客のなかには、松江市と姉妹都市になる会津若松市からの観光客も含まれていた。

終点の出雲大社前駅に着いた。

亀井たちは、電車を降りると、出雲大社に向かう参道を、隊伍を整えて歩いていった。すでに六時をすぎていたが、八月である。まだ明かるいし、出雲大社のほうでも、こちらに合わせて、いつもなら閉めてしまう表参道を開けている。

彼らを、出雲大社の宮司《ぐうじ》が迎え、集まっていたテレビや新聞の記者やカメラマンが出迎えて、いっせいにフラッシュを焚いた。

そのなかには、地元の松江テレビも入っていて、そのカメラは、実況放送中だった。

全員で出雲大社に参拝すると、今度は、出雲大社の参道にある名物の出雲そばの店に、選ばれた観光客たちが、招待された。招待したのは、一畑電車である。日本全国から集まり、選ばれた男女、それぞれ十人、合計二十人の観光客は、一畑電車の三枝広報部長にとっては、大事なお客さんである。全員で出雲そばを食べている間に、一畑電車の足立社長と松江市長も現れて、二十人の男女に、記念品が、配られた。

配られた記念品は、松江市の市の紋章と、一畑電車の名前の入った写真立てだった。その写真立てには、殺された二宮啓介が、映画のなかで扮した不昧公と、会津藩の城代家老のスチール写真が入っている。

亀井と北条刑事にも、写真立てが、贈られた。それを見ながら、

「逞しいものだね」

改めて、亀井が、笑顔になった。

亀井は、自分が持ってきたビデオカメラを、北条刑事に渡してから、小声で、

「全員を、撮っておいてくれ」

と、いった。

亀井が、県警の横山警部を介して、今回の祭りに参加させてほしいと、伝えたところ、一畑電車から、選ばれた観光客の一組にされてしまったのである。

（私たち警察まで、鉄道興し、街興しに利用するつもりなんだ）

と、亀井は、思い、改めて、感心したのである。

亀井は、その逞しさに感心しながらも、同時に、別のことも、考えていた。

一畑電車の、あの日本一長い駅名の小さな駅で、名誉駅長をやっていた田宮始こと二宮啓介を殺した犯人のことである。犯人は、今回のお祭り騒ぎを、どんな目で、見ているだろうかと、考えたのだ。

犯人は、田宮始を殺したあと、名誉駅長の制服の胸ポケットに〈くたばれ。一畑電車〉と書いた五十嵐昭の名刺を、入れた。

ということは、ただ単に、田宮始を殺しただけではない。二宮啓介という名前で俳優をしていた男にも、その田宮始を名誉駅長にした一畑電車にも、関心を、持っていたはずである。

この犯人がただ単に、五十嵐昭と田宮始を殺しただけだとすれば、今頃、どこか、遠くに逃亡してしまっているだろう。

しかし犯人は、あの名刺の裏に〈くたばれ。一畑電車〉と書いた。そのことから、亀井は、まだ逃げてはいないと、判断した。

逃げないばかりではない。自分が、田宮始を殺したあと、一畑電車は、どうなっていくだろうかと、それを確認したいと、思っているはずだと、亀井は、考える。自分が名誉駅長の田宮始を殺したことで、一畑電車が、どう変わるのか、それとも、変わらないのかを確認したいに違いない。

こう考えていくと、今回、松江市と一畑電車が共同で開催した不昧公生誕二百五十五年記念のお祭りには、犯人は、必ずくるはずと、亀井は、思っていた。

鉄道マニアが推奨する、テハ50系という昭和三年製のクラシック電車にも、犯人は、乗ったのではないだろうか？　あの駅にも、再び現れたに違いない。

今日は、出雲市で一泊することに、亀井は、決めた。もちろん、北条早苗刑事とは違う部屋を取って、ベッドに寝転んだあと、亀井は、十津川に、電話をかけた。

「警部は、今、どちらですか？」

と、きくと、

「私は、もう東京の捜査本部に帰ってきているよ」

と、十津川が、いった。

「何か、収穫がありましたか？」

「あったようでもあり、なかったようでもある。そんな感じかな」

「と、いいますと？」

「例の五十嵐昭が書いた『孤独であることは罪か？』という本のせいで、南房総にある孤独な老人のための介護施設、友愛クラブの理事長の椅子を手放してしまった小池と、小池の親戚に当たる園田という館山市議会の議長、この二人のアリバイを、きいたので、そのアリバイが本当かどうかを、明日から、確認しようと思っている。それで、カメさんは、これからどうするんだ？」

十津川が、きいた。

「今、北条刑事と、出雲市内のホテルに入っています」

「今日は、鉄道マニアが、喜びそうな、クラシック電車に乗ったんだろう？　その電車のなかで、何か、見つかったか？」

「私を含めて、集まった観光客のなかから、男十人、女十人が選ばれて、クラシック電車に乗って、始発駅から、出雲大社前駅まで乗ってきました。念のために、私たちを除き、この選ばれた男九人、女九人を、北条刑事に、ビデオカメラを渡して、撮っておいてもらっています。私のような、いかつい男が、カメラを構えていたら相手が警戒してしまいますからね」

と、いって、亀井は、ひとりで笑った。

「そのなかに、犯人がいる可能性もあるわけだな？」

「そうです。私は、一畑電車の小さな駅で、名誉駅長の、田宮始を殺した犯人は、必ず今回の祭りに紛れこんで、参加しているはずだと、思っています。何しろ犯人は、ただ単に、田宮始という名誉駅長を殺しただけではなくて『くたばれ。一畑電車』と書いた名刺を、死体の胸ポケットに入れていますからね。必ず、今回の祭りに、参加しているはずだと、思っています」

「会津若松からきた高校生の剣舞は、どうなった？」

「明日も松江市の公会堂で、剣舞をやるそうですから、私と北条刑事は、明日の朝になったらすぐ、松江市に、戻ろうと思っています」

と、亀井が、いった。

「ところで、二宮啓介の写真は、相変わらず街中に貼られているのか？」

「一畑電車も島根県も、そして、松江市も、二宮啓介を、使って大々的に、鉄道興し、街興しをするつもりですよ。二宮啓介は『江戸の雪』という映画のなかで、不昧公こと松平治郷を、また『会津の華』という映画のなかで会津藩の城代家老を演じていますから、二つのスチール写真が、至るところに、貼り出されています。もちろん、名誉駅長をやっていた小さな駅にもです。会津若松市でも同じような祝い事が始まっているそうです」

「惜しいね」

と、十津川が、いう。

「何がですか？」

「死んでしまった二宮啓介のことがだよ。生きていたら、そちらの、大きな祭りで、彼の人気は、ドーンと、あがったんじゃないのか？」

「そうですね。生きていれば、さまざまな映画会社から出演のオファーがきていたんじゃないですかね」

「そんなに、二宮啓介は、そちらで人気者に、なっているのか。ところで明日も演じられる会津若松の高校生による、白虎隊士の剣舞だが、君は、一度見ているんだな？」

「今日、見物しました。明日もやるので、今度は、ビデオカメラで、最初から最後まで撮ってきますよ」

と、亀井は、声を弾ませた。

「君が、見た剣舞だが、何人で踊っていたんだ？」

「五人です」

「それなら、十三年前と、変わらないな」

「ええ、そうですね」

「五十嵐昭が、今から十三年前、高校三年生の時に、選ばれて、白虎隊士の剣舞を舞っている。その時も五人だったが、四人は女子高生で、五十嵐昭ひとりだけが、男子として参加しているんだ。今回も、同じ構成なのか？　また、毎年その剣舞は、地元の高校生が舞っていると思うのだが、十三年前も、その構成が変わらなかったのかどうか、それも、調べてほしいんだ。何しろ、白虎隊といえば、十代の若さで城と一緒に討ち死にしたことで有名だが、だからといって、髭面の高校生では、白虎隊らしくない。それでむしろ、女生徒のほうがいいのではないかということで、十三年前も、女生徒四人と、色白で、なで肩だった、五十嵐昭が、高校三年生で加えられて、五人で剣舞を舞っている。その後、それと同じ構成で、剣舞を舞ったことがあるのかどうかも、きいてほしいんだ」

と、十津川が、いった。

「わかりました」

「質問は、慎重に、やってもらいたい。カメさんが、怒鳴ったりしたら、それをきいた犯人は、必ず逃亡してしまう。カメさんも、いっているように、犯人は、今回の祭りに、間違いなくきている。カメさんと同じように、私も確信しているから、今の段階では相手に、できるだけ警戒はさせたくないんだ。だから、くれぐれも、慎重に頼むよ」

と、十津川が、いった。

「わかりました。北条刑事に助けてもらいますよ」

と、亀井が、いった。

7

翌日、亀井は、朝食をすませると、北条刑事と一緒に、始発駅の松江しんじ湖温泉駅に舞い戻った。

今日は、松江市役所で、午後一時から、会津若松市長がきて、松江市長との間に姉妹都市宣言をするという。

その後、松江の公会堂で、祭りの続きがおこなわれ、その時には、昨日と同じように会津若松市からきた高校生五人による、白虎隊という剣舞がおこなわれるはずである。

そのいずれにも、亀井は、出席するつもりである。

午後一時になると、会津若松市長が福島県の名産を持って、秘書と一緒に松江市役所に現れ、市長室で、二人が握手を交わした。

「私たち会津藩も、こちらの松江藩も、明治維新の時には、徳川の親藩でしたから、苦労しました。今、松江市長さんのご招待を受けて、ここに、姉妹都市宣言をして調印したいと、思います」

会津若松市長が、いい、もう一度、握手を交わしてから、お互いに、署名した。

テレビや新聞のカメラが、いっせいにフラッシュを焚いた。そのなかには、東京のテレビ局も、五大新聞社の記者も、入っていたから、この催しは成功だといってもいいだろう。

亀井は、少し後方から、その模様をビデオカメラに収めたあと、すぐに、北条刑事と市役所の隣にある、公会堂に走った。

公会堂では、三日前から、さまざまな催しが続いていた。今日も午後二時から、会津若松の高校生が、白虎隊という剣舞を舞う。

亀井は、司会を務める島根県生まれのアナウンサーに会い、警察手帳を示した

あとで、

「会津若松の高校生による、剣舞が終わったあと、彼らに、いろいろと、ききたいことがあるので、ぜひ、その席を設けていただきたい。こちらが警察の人間だといわずにです」

と、申し入れた。

その後、北条刑事がビデオカメラで、会津若松の高校生による白虎隊と題した剣舞を撮ることになった。

昨日も、亀井は、同じ高校生による白虎隊と題した、剣舞を見ている。

昨日も今日も、同じように、まず、健気《けなげ》なと思ってしまう。また、美しいと感じてしまう。

白い上着と黒の袴、鉢巻をして、刀を差して現れる。そして、歌に合わせて、剣を抜き、優雅に舞うのである。

最後は、遥かに燃えあがる鶴ヶ城《つるがじょう》を見て、会津藩が滅びたと考え、お互いを剣で貫いて自刃する。

終わった時、昨日と同じように、大きな、拍手が生まれた。

三十分後に、亀井と北条刑事は、楽屋で、白虎隊士の格好をしたままの五人の高校生から話をきくことができた。

楽屋には、一応、クーラーが入っているのだが、それでも、五人の高校生は、剣舞が終わったばかりということもあって、額から汗を滴らせていた。

亀井と北条刑事は、今回の祭りを取材にきた雑誌社の編集者とカメラマンということにしてあった。だから、北条早苗刑事は、大っぴらに、五人を、ビデオカメラで狙うことができた。

雑誌の編集者という肩書を名乗った亀井は、まず、

「私の親戚に、会津若松市の、高校に通っていた男がいてね。今から十三年も前のことなんだが、その時、同じ高校三年生五人で、君たちと同じように、白虎隊という剣舞を舞ったことがあるといっているんだ。その時はなぜか、女生徒四人と、彼が、ひとりだけ男子生徒で、五人で、剣舞を舞ったといっているんだが、君たちの五人の構成は、どうなんだろう？」

亀井が、きくと、リーダー格らしい高校生が、

「僕たちは、男子生徒二人に、女子生徒三人でやっています」

亀井が、よく見ると、二人の男子生徒は、いい合わせたように、なで肩で、色白である。

「君たち五人は、どういう基準で、選ばれたんですか？」

と、亀井が、きくと、五人につき添ってきた若い教師が、亀井に向かって、

「まず第一は、可憐さです」

「可憐さですか？」

「白虎隊が自刃した話に今も感心する人たちがいるのですが、その人たちに、どこに、感心するのかときくと、第一が、健気だということなんです。第二は美しさ、そして、少年らしい幼さですね。これが髭面の、大人のような風貌をした高校生では、絶対に、白虎隊士には、なれません。日本中の人たちが持っている白虎隊に対するイメージというのは、美しく可憐で、健気ということになっていますから」

「それから、この五人ですが、二人が男子生徒で、三人が女生徒とききました。この構成は、毎年変わらないのですか？」

と、亀井が、きいた。

つき添ってきた教師は、

「いえ、決まっているわけではありません。今までには、五人全員が、女生徒の場合もありました」

と、いった。

「なるほど」

「今は、百七十センチを超す長身の女生徒もいます。ひとりだけ長身では美しく、可憐で健気というイメージが、損なわれてしまいます。ですから、まず、女生徒のなかで、小柄な、美しく、凜とした感じの女生徒を、選ぶのですが、今年は、そういう女生徒が少なかったので、女生徒三人、それから、男子生徒のなかから、ご覧のように、少年らしい色白な男子生徒を二人、選びました」

確かに、この教師のいうように、世間一般の人が、白虎隊という言葉から、イメージするのは、逞しく荒々しい剣士というよりも、むしろ、美しく可憐な少年剣士というイメージだろう。

とすれば、筋骨隆々たる高校生ではなくて、今、亀井たちの目の前にいる、五人、いずれも、美しく可憐な高校生が適していることになる。

おそらく、十三年前の時も、教師たちは、その基準で、女生徒四人と、男子生徒の、五十嵐昭を選んだのだろう。

「剣舞の稽古は、大変ですか？」

亀井は、高校生たちを見た。

五人が、黙ってうなずく。

教師は、

「全員三年生なので、受験勉強が大変なのですが、それでも二カ月間はみっちり、剣舞の稽古に打ちこんでもらっています」

「君たちの先輩に、五十嵐昭さんという人がいるんだが、この名前、きいたことがあるかな？」

亀井が、続けて、五人にきいた。

ひとりの男子生徒が、

「僕は、しっています。五十嵐昭さんが書いた本も、読んでいますから」

と、いった。

亀井は、五十嵐昭の、十三年前の写真を五人に見せて、

「これは、君たちの先輩の五十嵐昭さんが、君たちと同じ高校三年生の時、白虎隊の剣舞を舞った時の、写真なんだ。この時は、四人が女子生徒で、五十嵐昭さんだけが、男子生徒だったそうだ。君たちにききたいんだが、この写真を見て、一番右にいる男子生徒は、君たちには、どう、見えるかな？　同じように白虎隊の剣舞を舞った、会津若松の高校の生徒なんだがね」

と、いった。

今度は、五人とも、膝を、乗り出すようにして写真を見つめた。

「ほかの女性と、まったく同じように見えるわ。剣舞の時には、化粧をしていると思うんだけど、ほかの四人と同じように、美しく華麗に見えるわ」

女子生徒のひとりがいった。

若い教師も、同じように、女子生徒の後ろから写真を、覗きこんで、

「ひとりだけ、男子生徒が混じっているという感じは、まったくしませんね。五人とも女子生徒といわれても、何の疑いもなく、そうだと思ってしまいますよ」

「先生も、そう思われますか」

「ええ、普通ならば、美少年というべきなんでしょうが、この写真では、美少女にも見えますね、ほかの四人の女子生徒と、同じように」

「この時の、たったひとりの、男子生徒である五十嵐昭さんだが、自分は、会津藩士の子孫だという思いが強くて、必死に剣道に精進していたらしいんだ。卒業する時には、二段をもらっていたと、いっている。ただ、大人になってから、自分は、高校生の時のような純粋に、会津藩士の子孫だと考えるのは、いやになって、別の道を進んでいる」

「この先輩ですが、今は、何をしているのですか？」

男子生徒のひとりが、亀井に、きいた。

「今は、ノンフィクションライターになっているよ。二年前に、ノンフィクションの大賞をもらっている」

亀井が、いうと、今度は、教師が、

「もったいないですね」

と、いった。

「どこが、もったいないんですか？」

「せっかく、これだけの美しさと、剣舞の才能が、あるんですから、何もライターにならなくてもいいんじゃないかと、今、ふと、思ったんですよ」

第五章　過去への追跡

1

松江の祭りは、一畑電車のほかに、同系列の一畑バス、一畑デパートなども、祭りに、参加することになり、規模はさらに大きくなっていく感じだった。

一方、東京にいた十津川は、京都府警から一通の手紙を受け取った。

十津川は、殺された五十嵐昭が、故郷の福島県喜多方から上京したあと、十八歳から二十歳までの間の経歴を、依然として摑み切れていなかった。

そこで、日本全国の県警や府警に依頼して、五十嵐昭が十八歳から二十歳まで、そちらで働いたことがないかどうかを調べてもらっていたのである。

そのなかで、十津川が一番期待したのは、京都府警だった。

その頃、五十嵐昭が、アパートの大家に、京都で働くことが、決まったといって、姿を消していたからである。その京都府警からの手紙だったのである。

〈あれ以来、引き続いて、問題の五十嵐昭が、十八歳から二十歳まで働いていた会社なり、団体がないかどうかを捜しておりました。その結果見つかったのが京都の盛り場、祇園《ぎおん》にある『ジャングリラ』という店です。

ここは、日本でも十本の指に数えられるという、その筋では有名な美少年のクラブです。

この店では、客に、ホストの本名は教えません。せっかく両親が一人前の男として育てようとした子が、こうした店で働いているわけですから、両親にはしられたくないし、友人や知人にも、内緒にしておきたいというホストばかりなので、本名は、絶対に教えないというのです。

今から十三年前に、常連客の間で、ひとりの大変な美少年が人気になっていました。その美少年は、高校時代に剣道をやっていたそうで、そのことも、まるで伝説のように、客の間で広まっていたというのです。

もしかすると、この伝説の美少年が、そちらからご照会のあった五十嵐昭ではないか？　そう思って店にいき、店の関係者にいろいろと尋ねてみましたが、その美少年の本名は、なかなか教えてくれません。

それでも、とにかく粘っていましたら、やっと履歴書を見せてくれたのですが、そこには間違いなく、五十嵐昭の名前と、連絡先として福島県喜多方市の住所、母親の名前が書いてありました。この店では、全国的に美少年を探していて、会津若松で、白虎隊の剣舞を舞った高校三年の五十嵐昭をマークし、接触していたというのです。

店の関係者によると、その凜々しさが、客の間で大変な人気になったので、店としては、五十嵐昭にいつまでもいてほしかったそうですが、二十歳になる直前に店をやめ、姿を消してしまって、その後は、どこでどうしたかはわからないといっています。

おそらく、その後、五十嵐昭は、東京に戻って、F大学に入学したのではないでしょうか？　このクラブで三年間にもらった給料を貯めてです。

以上、ご報告します〉

十津川はすぐ、亀井を連れて、京都に向かった。〈シャングリラ〉という店にいき、五十嵐昭のことを、もっと詳しくききたかったからである。

京都駅には、手紙をくれた京都府警の青木警部が、迎えにきてくれていた。

すぐ、青木警部の案内で、十津川と亀井は、京都の祇園にある〈シャングリラ〉という店に向かった。

六階建てのビルの最上階フロアー全部を使っている店である。その社長室で、十津川は、水島潤一郎《みずしまじゅんいちろう》という店のオーナーに会った。

まもなく還暦を迎えるというが、和服姿の水島も、充分に美男子である。

十津川は、まず最初に、ここで十三年前に、五十嵐昭が、本当に働いていたのかどうかを、水島に、きいた。確認したかったのだ。

水島潤一郎は、用意しておいてくれた何枚かの写真を、十津川に見せてくれた。

その写真には、十代の美しい美少年が写っていた。そのなかに、一枚だけ、白虎隊士の扮装をした写真もあった。

「不思議なことにアキちゃん（この店では、アキちゃんと呼んでいたという）が、白虎隊士の格好をして踊ると、それが大変な人気になったんですよ。おそらく、お客さんのほうも、少しばかり微妙な感じだったんじゃないかしら？　ただ単に美しいというだけでなく、サムライの凜々しさが、見る人を何か異様な気分にさせるんじゃないかしら？　うちには時々、外国のお客さんも、くるんですけど、その外国人さんにもとても人気がありましたね。白虎隊士のアキちゃんが」

「その五十嵐昭さんですが、最近、殺されたのはしっていますか？」

と、十津川が、きいた。

オーナーの水島は、目を剝いて、

「アキちゃんが殺された？　それって、本当ですか？」

と、いう。どうやら、本当にしらなかったらしい。

「われわれは、その捜査をしているのですが、彼は間違いなく、ここに、三年間いたわけですね？」

「ええ、十八歳から二十歳までの三年間いました」

「そして、この店で、人気が、あったんですよね？」

「ええ、本当に人気がありましたよ。少なくとも、アキちゃん以上に人気のあった子は、ひとりもいませんわ」

「五十嵐昭、アキちゃんでしたよね？　そのアキちゃん目当てに、通ってくるお客も、多かったんじゃありませんか？」

「ええ、確かに、そういう方もたくさんいましたね」

「当時というか、その三年間に、特定のお客さんとアキちゃんが、怪しげな関係になったというようなことは、ありませんかね？」

「怪しげな関係とは？」

「例えばですね、そのお客さんが、アキちゃんを、独占したい。そう思って、何か事件が起きたとかいうことです。刃傷沙汰とか、そういうことはありませんでしたか？」

「いいえ、うちの店では、そういうことに対しては厳しく躾ていましたから、客と怪しげな関係になるような人は、ひとりもいませんでしたよ」

水島オーナーが、いったが、その言葉を、十津川は、信用しなかった。

「もし、特別なお客さんがいたら、名前と、どういう人なのか教えてもらいたいんですよ」

「でも、アキちゃんがここをやめてから、かなり経っているんですよ。十年一昔といいますが、それなりに経っているんです。アキちゃんのことをしっているお客さんだって、いまさら、アキちゃんのことを殺したりはしないと思いますけどね」

と、水島潤一郎が、いう。

「そうかもしれませんが、もし、特別なお客さんがいたのなら、ぜひ名前を教えてもらいたいんですよ」

十津川は、食いさがった。

「うちの店は、お客さんのプライバシーについては、絶対に、話さないことにしているのです。何か秘密のあるお客さんについてもですよ。たとえ、警察であっても税務署であっても。それをモットーにしているんですよ」

「話したからといって、お宅には、迷惑をかけませんよ。ですから、名前だけでも教えてもらうわけにはいきませんかね？」

と、十津川は、粘った。

京都府警の青木警部も、圧力をかけてくれた。どうやら、この圧力が、効いたようだ。

京都府警に睨まれたら、店を閉めざるを得なくなるかもしれない。そう考えて、水島は、しぶしぶ、折れたらしい。

「でも、その方の名前しかしりませんよ」

水島は、木之元勝《きのもとまさる》という名前を教えてくれた。

「京都の人間ですか？」

と、きいたが、それもわからないと、水島は、いう。

「しかし、どうして、木之元勝というお客が、アキちゃんの贔屓客だとわかるのですか？」

「木之元さんは、アキちゃんに、よく、プレゼントを渡していましたからね。それも、かなり、高価なものをですよ」

と、水島が、いった。

「年齢は、いくつくらいですか？」

「そうね、おそらく、もう、七十近いんじゃないかしら？」

と、水島は、女言葉で、いった。

「木之元勝」

十津川は、口のなかで、呟いてみたが、きき覚えのある名前ではなかった。有名な芸能人とか、あるいは、政治家とかなら、この名前に、記憶があるはずである。

「誰か、当時の五十嵐昭さんのことを、よくしっている人は、いませんか？」

と、十津川が、きいた。

水島オーナーは、首をかしげて、

「この世界は、とにかく、出入りが激しいから、十年以上も、ここで働いているような人は、いないわよ」

と、いったあとで、

「でも、もしかしたら、マネージャーならしっているかもしれない」

荒木《あらき》というマネージャーを呼んでくれた。

荒木は主として、この店の経営面を担当しているという。

その荒木は、十津川の話をきくと、

「ああ、アキちゃんなら、よく覚えていますよ。あの年頃というのか、あの若さで、あんなに綺麗な子は、見たことがありませんでしたね。アキちゃんは、もともと美少年でしたけど、同時に、ちょっと怖いような凜々しさも持っていたんですよ。だから、ファンも多かったんです」

「今、こちらのオーナーから、木之元勝という、特にアキちゃんを贔屓にしていたお客さんのことをきいたんですが、荒木さんは、どういう人か、覚えていらっしゃいますか？」

「ええ、覚えていますよ。資産家で、よくアキちゃんに、高価なプレゼントをしていましたからね。私なんかにも、ブランド物をプレゼントしてくれましたよ。こっちは、安ものでしたがね」

「どういう人物なのか、わかりますか？」

「確か、最初にうちの店にきた頃は、どこかの、新聞社の社長さんじゃなかったでしたかね。大新聞ではなくて、地方新聞の社長さんですよ」

「京都の地元新聞ですか？」

京都府警の青木が、きいた。

「いいえ、京都ではなかったと、思いますね。とにかく、その土地にいくと、そこのマスコミを牛耳っているんだそうです」

「今、何をしているか、わかりますか？」

「確か、今から二年ほど前でしたかね。とうとう、政界へ進出をするという小さな記事が、新聞の隅に出ていたような気がするんですよ。どこかの県の、今も申しあげたように、新聞、テレビ、ラジオといった、マスコミを牛耳っていて、今や、中央政界に乗り出すことしか、楽しみがなくなったといったような発言をしていたのを、新聞で読んだことがあるんです。偉くなったんだと思いましたよ」

と、荒木が、いった。

十津川は〈シャングリラ〉を出ると、携帯電話を取り出して、大学時代の同窓生である、中央新聞の田口《たぐち》に、電話をかけた。

十津川は、彼に、木之元勝という名前を告げた。

「政界への進出を、発表した人物で、新聞に、小さく名前が載ったらしいのだが、この名前に、心当たりはないか？」

十津川が、いうと、

「ちょっと調べてみる」

と、田口が、いって、電話をいったん切ったあと、今度は、田口のほうから、電話がかかってきた。

「木之元勝、六十八歳、島根県の人間で、島根では県下の新聞、テレビ、ラジオを牛耳っていて、地元ではマスコミ界の天皇といわれている。その男が、島根だけの天皇では、飽き足らなくなって、中央に打って出ると、確か二年前だったか発表をしたことがあるよ。とにかく、かなりの資産家だからね。どこの政党だって、喜んで、受け入れるんじゃないかね。たぶん、来年の総選挙で、どこかの党から、出馬することは間違いないよ」

「ほかに、木之元勝について、何かわかっていることはないかな？」

と、十津川が、きいた。

「これは、確かな筋からの話ではないのだが」

と、田口は、断ってから、

「木之元は、五年前に、奥さんを亡くしているが、再婚はしていない。子供はいない。そのせいかもしれないが、木之元には、美少年趣味があるんじゃないかという、そういう噂があるらしい。本人は、否定しているようだが」

と、いった。

「木之元勝の住所は？」

十津川が、きくと、

「今は、中央政界への、進出を考えているから、千代田《ちよだ》区平河《ひらかわ》町になっているが、それまでは島根の人間なので、確か松江に、住んでいたんじゃなかったかな？」

田口に礼をいって電話を切ると、十津川は、亀井に向かって、

「カメさん、これから、松江にいこうじゃないか？」

と、誘った。

「向こうにいけば、木之元勝のことが、もっと詳しく、わかるかもしれないからな」

2

十津川たちは、京都から、山陰本線に乗った。その特急列車のなかで、亀井が、いった。

「十三年前は、木之元勝は、松江にいたわけでしょう？　そこから山陰本線に乗れば、数時間で京都に着きます。ひょっとすると、木之元勝は、毎日のように、山陰本線を使って、祇園の『シャングリラ』にいき、五十嵐昭ことアキちゃんに会っていたのではありませんか？」

「その点も、きいてみたいね」

と、十津川は、いった。

二人は、松江で降りた。

松江の街は、相変わらずお祭り気分に溢れていた。

十津川は、横山警部に会って、

「木之元勝という、この松江でマスコミ界の天皇といわれた男の本当の姿をしりたいのですよ。どうしたらいいですかね？」

その十津川の言葉に対して、横山は、小さく笑った。

「十津川さんがいう、本当の姿というのは、彼のプライベートの秘密のことですか？」

「そんなふうにきこえましたか？」

「木之元は、現在、住まいを東京に移しています。中央政界に乗りこむために、住まいを移したんですよ。それでも、島根では相変わらず、マスコミ界の天皇の座に、君臨しています。木之元勝を褒め称える声ならば、いくらでも、きこえてきますよ。しかし、彼の本当の姿というか、マイナス面を、きこうとすると、誰もが躊躇します。今でも、木之元勝の存在は、怖いですからね」

「今も、木之元勝は、新聞社やテレビ局、ラジオ局の、社長をやっているわけですか？」

「いや、形としては、社長を退いています。しかし、退いたあとも、その新聞社やテレビ局の大株主であることに変わりはありませんし、自分の息のかかった人間を、自分の後釜に据えていますからね。その新聞社やテレビ局にいって、木之元勝の悪口をきこうとしても無理ですよ」

「それじゃあ、どうすれば、木之元勝の本当の姿をきくことができますか？」

「以前、木之元勝と一緒に仕事をやっていて、その後、意見が合わなくて喧嘩わかれし、木之元勝と袂をわかった人物なら話をしてくれるかもしれません。それも、木之元勝のごく近くにいた人物であれば、十津川さんの希望に沿うような話がきける可能性がありますね」

「そんな人物が、見つかりますかね？」

「どうしても、そういう人物が必要なわけでしょう？」

「そうです」

「それなら、何とかして捜してみますよ」

横山が、いった。

その時まで黙っていた亀井が、口を挟んで、

「もう一つ、条件があるんです。われわれがしりたいのは、今から、十三年前の木之元勝のことなのです。十三年前から三年間、木之元勝が、どんな生活をしていたのか？　どんなことを楽しみにしていたのか？　それがしりたいのです」

「木之元勝は、現在六十八歳ですから、五十五歳から五十七歳までの三年間ということになってきますね？」

「難しいですか？」

「確かに、簡単じゃありませんが、何とか調べてみましょう。ただ、今すぐには無理ですから、二日間時間をくださいませんか？」

「わかりました。よろしくお願いします」

「その間、いったん東京にお帰りになりますか？」

「二日間でしたら、ここで、お祭りを見てすごしますよ」

と、十津川は、いった。

横山警部とわかれた十津川は、殺された田宮始が、名誉駅長を務めていたルイス・C・ティファニー庭園美術館前駅にいくことにした。田宮始こと二宮啓介が名誉駅長になる前は、無人駅だったという、小さな駅である。その駅が、今、どうなっているのか見てみたかったのだ。

始発駅の松江しんじ湖温泉駅にいってみると、テハ50系というクラシック電車が、ちょうど出発するところだった。一九二八年（昭和三年）製のクラシック電車である。鉄道ファンの間では、この鋼鉄製の車両が、人気となっているのだという。

一畑電車が、二両持っているテハ50系を模様替えして、動かしているらしい。

十津川たちは、その電車に乗った。

ルイス・C・ティファニー庭園美術館前駅で降りる。駅舎にも、ホームの小さな待合室にも、名誉駅長の格好をした田宮始の大きなパネルが、飾ってあった。

ホームでは、駅長の格好をした若い女性が、花に水をやっていた。十津川には、その顔に、見覚えがあった。

殺された田宮始の娘、あずさに、違いなかった。十津川は前に、彼女に会って話をきいたことがあった。

「田宮あずささんですね？　どうされたんですか？」

十津川が、声をかけると、あずさは、ちょっと、照れたような顔になって、

「会社に、一週間の休暇願を出したんですよ。どうしても、父が亡くなったこの駅を、もう一度、見たくなりましてね。一畑電車に連絡したら、社長さんが、一週間こちらにいるのなら、お父さんと同じように、この駅の、名誉駅長をやってみませんかと、いってくださって、それで、この制服を、お借りしました。十津川さんは、何の御用で、こちらに、いらっしゃったんですか？」

「われわれは、引き続き、殺人事件を捜査しているのですが、それで、あなたにお話を伺いたいので、お時間ありますか？」

「終電車が出たあとでよろしければ、時間が取れますけど」

「それで結構です。こちらも二日間、松江にいることになりましたから、あとで、電話をいただけませんか？」

十津川は、自分の携帯電話の番号を、彼女に教えた。

その日の夜、連絡があって、十津川たちのほうから、あずさが泊まっている、松江市内のホテルにいくことになった。そのホテルのロビーで、コーヒーを飲みながら、話をすることになった。

「田宮さんのことなんですが、実は、どうしてもわからないことがあるんですよ」

十津川が、切り出した。

「亡くなった時、お父さんは五十二歳でした。二宮啓介という俳優として何本もの映画に出演し、いくつか賞ももらっている。五十二歳といえば、人によっては、これから俳優としてさらに、円熟していく時期じゃないですか？　そういう人を何人かしっています。それなのに、田宮さんはといったらいいのか、二宮さんといったらいいのかはわかりませんが、なぜ、五十歳ですっぱりと俳優業をやめてしまって、一畑電車の名誉駅長になったんでしょうか？　それが、どうしてもわからないのです」

「それは、私にもわからないんです」

と、あずさが、いう。

「お父さんは、確か五十歳の時に、俳優業から引退して、何か別のことをやってみたい。そんなふうに、おっしゃっていたそうですね？」

「そうなんです。でも今、十津川さんがおっしゃったように、私から見ても、五十歳になって、俳優としてこれからだと思っていたんですけど」

「しかし、あなたは確か、お父さんが、一畑電車の、小さな駅の駅長になったことに、父も喜んでいるはずだと、おっしゃっていたのでは、ありませんか？」

「それは、父がいつも、これからは、俳優以外の別の生き方、別の人生を歩んでみたいと、いっていたので皆さんからきかれた時には、そう、いっていたんです。でも、今になって考えてみると、父が本当に俳優という仕事が、いやになってやめたとは、とても、思えないんです。確かに、あの小さな駅の、名誉駅長になった時、父は、とても幸せそうな顔をしていました。でも、俳優としてやっていた時にも、やはり、幸せそうな顔をしていたんですよ。ですから、私は、父は一生、死ぬまで、俳優をやっていくんじゃないかと、思いこんでいたんです」

「もしかすると二年前、五十歳の時に、お父さんに、何かあったんじゃありませんか？　芸能界から、どうしても、身を引かなければならないようなことが」

「わかりません。何しろ、昔から父は、仕事のことは、私には、何もいいませんでしたから」

「お父さんは、あなたを女優にしたい。そんなことを、口にしたことはありませんか？」

「私が女優になるといったら、父は、おそらく、反対したでしょうね。そう思います。ですから、私が大学を卒業後、会社に入ったらすごく喜んでいました」

「あなたは、二宮啓介さんのひとり娘だし、美人だから、芸能界から声がかかったんじゃありませんか？」

亀井が、きいた。

「ええ。確かに、ありました。父が入っていた芸能プロダクションの方が、わざわざ、大学まで私を訪ねてきて、勧誘されたことも、あります」

と、いって、あずさが、笑った。

「お父さんのところにも、娘のあずささんを、女優にしませんかという話が、あったのでは、ありませんか？」

「あったかもしれませんけど、父は、私に、そういう話は、まったくしませんでした」

「あなたが、大学を卒業したのは、今から何年前ですか？」

「三年前です」

と、あずさが、いう。

「ということは、お父さんが、四十九歳の時ですね？　五十歳の時、芸能界を引退するようなことをいい出したとすると、その一年前ということになりますね？その時は、まだ、お父さんは、俳優をやめて別の人生を歩みたいというようなことは、おっしゃっていなかったのでは、ありませんか？」

「ええ、確かに、父が、俳優をやめたいといい出したのは、私が、大学を卒業したあとのことですから。それまでは私が芸能界に入るみたいな話があると、表だって賛成はしませんけど嬉しそうな顔をしていたのは、間違いありません。もともと、父は俳優という仕事が好きでしたから」

と、あずさが、いった。

やはり、今から二年前に、何かがあったに、違いないと、十津川は思い、いろいろときいてみたが、あずさは、相変わらず、父は仕事のことは、何もいわなかったから、わからないという。

十津川は、質問を変えてみた。

「五十嵐昭という名前は、ご存じですね？」

「ええ、父の事件があった時、警察からずいぶんきかされましたよ。五十嵐昭という名前に記憶がないかどうか、あるいは、父からその名前をきかなかったかと」

「それで、本当は、どうなんですか？」

「五十嵐昭という名前は、しっていると、答えました。その人の書いた本を、何冊か読んだことが、ありましたから。でも、その名前を、父からきいたことは、一度もありませんし、その人に会ったことも、ありません」

「木之元勝という名前は、どうですか？　現在、六十八歳なんですが、この名前を、お父さんから、きいたことはありませんか？」

「いいえ、その名前を、父からきいたことはありません」

結局、あずさから、捜査の参考になるようなことを、きくことはできなかった。

3

ところが、翌日の昼すぎに、あずさから十津川の携帯電話に、連絡が入った。会って、相談に乗っていただきたいことがあるというのだ。

「それでは、これからすぐ、そちらの駅にいきますよ」

と、十津川が、応じた。

十津川と亀井が、ルイス・C・ティファニー庭園美術館前駅に着くと、今日が土曜日のせいか、それに、天気がいいので、ホームには三十人近い観光客がいて、そのうちの二、三人が、名誉駅長の格好をしている田宮あずさと、一緒に写真を撮ったり、サインをもらったりしている。

たぶん、一畑電車のほうで、田宮あずさのことを、死んだ田宮始こと二宮啓介の娘だと宣伝したのだろう。

電車がきて、乗客が乗っていったあとで、あずさは、

「実は、少し気味の悪いことがあったので、十津川さんに、電話をしてしまいま

した」

「何があったんですか？」

「今日が、土曜日のせいか、観光にいらっしゃった方がたくさんいて、私と一緒に写真を撮ったり、サインがほしいという方が多かったのです。多い時には、十人近いお客さんに囲まれて、夢中でサインをしていて、気がついたら、上着のポケットにこんなものが、入っていたんです」

あずさは、一枚の名刺を、十津川に渡した。その名刺には、五十嵐昭の名前があった。

十津川は、

（同じ名前か）

と、思いながら、裏を返してみた。

そこには、

〈沈黙は生、おしゃべりは死〉

とだけ、ボールペンで、書かれていた。

入っていたのは、上着の胸のポケットではないという。脇のポケットなら、あずさの背後からでも、名刺をポケットに入れることは、簡単にできただろう。

「今日は、朝からたくさんの観光客が、この駅に、きているといいましたね？」

「ええ、そうなんです。一畑電車のほうで、観光客の皆さんに、私のことを、話したのではないでしょうか？　それで、わざわざこの駅で降りて、私と一緒に写真を撮りたいとか、サインがほしいとか、そういうお客さんが、多かったんだと思いますわ。父のことがあるので、むげには断れなくて、一緒に、写真を撮りましたし、へたなサインですけど、皆さんが、持ってきた手帳とか、父の写真の裏に、たくさんサインをしました。だから、この名刺を、ポケットに入れられたことにも、全然、気がつかなかったんです」

「いつから、この駅の名誉駅長をしているんでしたっけ？」

「今日で三日目です」

と、あずさが、いう。

「とすると、名刺をポケットに入れた人物は、三日間ずっと、あなたを、監視していたのかもしれませんね」

と、十津川は、いった。

その人物は、おそらく、十津川と亀井の二人が、警視庁の人間であることも、しっているに違いない。二人が、わざわざ、あずさが、泊まっているホテルにまでいって、ロビーで話をしたことも見ていたのではないか。

そこで、この、警告の文言を書いた名刺を、あずさの上着のポケットに入れておいたのだろう。

「名刺の裏の文言ですけど、いったい、どういう意味なんでしょう?」

あずさが、きいた。

「事件のことは何も話すな。そういう意味だと思いますね。一畑電車に話をして、この駅の名誉駅長を辞退したいと、いってください。少しばかり心配になってきましたから」

と、十津川が、いった。

何しろ、彼女の父親は、有無をいわさず、殺されているのだ。

あずさがためらっているので、十津川が、自分の携帯電話を使って、一畑電車の広報部に電話をした。

電話に出た広報部長の三枝に、事情を説明すると、彼も、びっくりしたらしく、

「わかりました。すぐそちらに迎へにいきます」

と、いった。

三枝は、やってくると、十津川に、問題の名刺を、見せられ、さすがに表情を硬くした。

「とにかく、本社に、戻りましょう」

三枝は、有無をいわさず、あずさを、連れ帰っていった。

4

問題の名刺は、十津川が、預かった。

「沈黙は生、おしゃべりは死、ですか」

と、亀井が、呟いた。

「警告だろうとは、思うが、田宮始を殺した犯人と同一人物だとすれば、何をするかわからないからね。一応彼女の安全は確保できたから、安心した」

十津川と亀井も、松江に戻り、ホテルで待機していると、午後の八時すぎに、県警の横山警部から、電話が入った。

「先日、十津川さんから頼まれた、木之元勝のことを、よくしっている人物が、ひとり見つかりましたので、今から、連れていきますよ」

横山が連れてきたのは、四十代の半ばといった感じの男だった。この男がくれた名刺には、大内秀雄《おおうちひでお》とあった。

現在四十五歳で、長い間、木之元勝の秘書をやっていたという。

「十三年前にも、木之元勝さんの秘書をやっておられたのですか？」

十津川が、念を押して、きくと、大内は、うなずいて、

「三十歳の時から、私は、木之元勝の秘書をやっていました。十三年前は三十二歳ですから、間違いなく、彼の秘書でした」

と、いい、続けて、

「今もいったように、私は三十歳で、木之元勝の、秘書になりました。その頃、野心満々の木之元が、私には、素晴らしい存在のように思えたんですよ。彼の話をきいていると、今のどうしようもない日本の政治は、彼が、乗りこんでいけば、何とか変えることができるのではないか？　そんな期待さえ、私は、持ちました。しかし、その後ずっと、木之元の秘書を、やっているうちに、彼の傲慢さだとか、冷酷さとかに気がつき、それが鼻につき始めて、だんだんと、いやにな

ってきてしまいましてね。今から三年前ですか、私が四十二歳の時に、木之元が社長をやっているテレビ局で、突然、三人の優秀なプロデューサーが、馘になってしまうということがあったんですよ。その理由というのが、三人が松江の繁華街で飲んでいて、木之元の悪口をいったという、ただ単に、それだけの理由だったんです。それも、噂で本当に、悪口をいったのかどうかもよくわかりませんでした。その頃、木之元は、島根県のマスコミ界の天皇といわれたり、ワンマンといわれたりしていて、少しでも、自分の気に入らない人間がいると、どんなに優秀であっても、何だかんだと理由をつけて、馘にしてしまっていたんですよ。その三人のプロデューサーは、私の目から見ても全員優秀で、何の問題もない、いわば、テレビ局の宝だったんですよ。それを、単なる噂だけで、気に入らないといって、馘を切ってしまったんです。そんな木之元のやり方に、私は嫌気がさしてしまいましてね。そのうちに、今度は中央政界に、乗りこんで、自分が総理大臣になって、日本の政治を変えてやる。そんなことをいい出したんですよ。私も、若い時ならば、木之元のそんな言葉に感動もしたでしょうが、今もいったような理由で、木之元のことが、いやになっていましたからね。これはもう、ついていけない。そう思って、秘書を、やめたんです」

「確認しますが、今から十三年前に、あなたが秘書をやっていた。間違いないですか？」

「ええ、やっていました」

「その頃のことを、いろいろとおききしたいのです」

「どうぞ」

「秘書は、あなたひとり？」

「いいえ、私以外に、全部で五人いましたね。テレビ局関係の秘書、新聞社関係の秘書、ラジオ局関係の秘書がいて、私のほうは、もっぱら木之元勝の私的な関係、プライベートな面の秘書をやっていました」

「私的な秘書というと、例えば、どんな仕事をやっていたんですか？」

「休暇を取って、旅行にいく時の切符の手配とか、彼の話をパソコンで打ったりとか、そういう仕事です」

「その頃ですが、木之元さんが、しばしば、京都にいっていたということは、ありませんでしたか？」

十津川が、きくと、大内は、意味ありげに、にやっと笑った。

「木之元は、一月に一回、多い時には、週一回の割合で、京都にいっていましたよ。ですから、私が、山陰本線の切符を、手配したり、時には、京都まで、車を運転したりしていました」

「その目的は、しっていらっしゃいましたか？」

「ええ、もちろん、しっていました。『シャングリラ』というクラブに通っていることは、しっていました」

「そのクラブにいたアキちゃんと呼ばれていた美少年に、木之元さんが惚れこんでいたのもご存じでしたか？」

十津川が、きくと、大内は、また笑って、

「ええ、もちろんしっていましたよ。私が、木之元の指示で、あの店のアキちゃんにプレゼントを、渡したことも、しょっちゅうでしたからね」

「木之元さんには、前からそういう性癖があったんでしょうか？」

「ええ、もちろんあったと、思いますよ」

「そのことを、どのくらいの人がしっていたか、大内さんは、わかりますか？」

「木之元のほうは、隠していたつもりでしょうが、こういうことというのは、自然と噂になるもので、木之元の周辺にいた人たち、私を含めた秘書連中とか、会社の幹部たちの多くがしっていたと思いますね。ですから、奥さんとうまくいかなくなって、別居状態だということも、当時、噂になっていました」

と、大内が、いった。

「木之元さんの京都通いは、その後、どのくらい続いたのですか？」

「確か、三年くらいじゃなかったかと、思いますね。ある時、急に『シャングリラ』からアキちゃんというホストが、姿を消してしまいましてね。木之元は、どこに消えたのか、どうしてやめたのかを調べてこいと、私にいいました。それで、あの店のオーナーに、会ってきいたんですが、あの世界の人というのは、全員、口が堅いですから。たぶん、アキちゃんというホストは、その時に店をやめて、まともなというのはおかしいですけど、普通の生活に戻ったんじゃないかと、そう思いますけどね」

「その後、木之元さんは、どういうことになっていたんですか？」

「そうですね。一年間くらいは、ずっとアキちゃんに、未練があって、なかなか忘れられなかったみたいですよ。私には相変わらず、アキちゃんが、どこに消えたのか、現在、何をしているのか、突き止めてこいと、命令していましたからね。でも、一年くらい経った時、さすがに諦めたのか、アキちゃんという名前は、口にしなくなりました。その代わり、その後、アキちゃんによく似た二十代の男を新しい秘書に、採用しました。その秘書には、ほかの秘書のような仕事は、いっさいやらせずに、旅行に連れていったり、玉造温泉《たまつくりおんせん》に別荘があったのですが、そこに住まわせたり、そんなことをしていましたね。秘書というより、あくまでも、アキちゃんの代わりだったような気がしますね。おかげで、私は政策秘書に、格あげされました」

と、いって、大内が、また笑った。

「政策秘書ですか」

「ええ、そうです。プライベートなことは、ほとんど頼まれなくなって、木之元が社長をやっていたテレビ局や、新聞社などに関係した仕事でしたから、私自身は、喜んでいたのですが、木之元にしてみれば、私よりも、アキちゃんによく似た美少年のほうに、気持ちがいってしまった。そういうことじゃないかと、思いますけどね」

「しかし、あなたは、木之元さんの秘書なんだから、つねに、木之元さんのそばに、いたわけですよね？」

「ええ、そうです。秘書本来の、仕事をやっていました」

「あなたは去年、木之元さんから離れたわけですね？　それは、彼が、中央政界に乗りこんでいくといい出したので、木之元さんに愛想が尽きて、秘書をやめることにしたと、さっき、いわれました。そのあたりを、もう少し具体的に話してもらえませんか？」

と、十津川が、いった。

「具体的にですか？」

「そうです。あなたは、三十歳の時に、木之元さんの秘書になった。その時は、木之元さんのことを、尊敬していたわけでしょう？」

「そうですね。どちらかといえば、尊敬していましたね。頭がよくて、やり手で、島根のマスコミ界を、牛耳っていた。そんな木之元に憧れていましたね」

「木之元さんが、中央政界に、打って出ようとしたのは、私の調べたところでは、今から、二年前です。その時には、あなたは、まだ秘書を、やめてはいなかった。やめたのは、そのあとだった。二年前、どうして、すぐに秘書をやめなかったんですか？」

と、十津川が、きいた。

「それは、私にも、少しばかり、ずるい気持ちが働いていたんだと、思いますね。何といったって、私はその時、四十三歳に、なっていましたからね。木之元の秘書をやめたら、次は、どうしたらいいのか、どんな仕事を、したらいいのかが、わからなかったんですよ。そんな時に、木之元は、中央政界に、打って出るといい出したんです。そのまま木之元についていけば、もしかすると、私も政治の世界に入って、うまく、やれるのではないかと、そんなことを、考えてしまったんですよ。それで、すぐには、秘書をやめなかったんです」

「あなたは、さっき、木之元さんの傲慢さとか、冷酷さに、ついていけなくなって、秘書をやめたといわれた。しかし、今、木之元さんについていけば、政治家になれるかもしれないという気持ちも、あったと、いわれましたよね？　そうすると、木之元さんは、傲慢で冷酷だが、その力は認めていた。そういうことですか？」

「そうなるかもしれませんね。いや、そうなんですよ。木之元の性格は、はっきりいって、嫌いですが、彼の実力は認めていましたから、一緒に政界に打って出てもいいかなと思ったのも事実です。私もずるいんですよ」

「しかし、そのあと、あなたは、秘書をやめてしまった。そこには、何か、決定的な理由があったと思うのですが、それを、話していただけませんか？」

大内は、十津川の、この言葉をきくと、急に、黙りこんでしまった。

十津川は、構わずに、質問を続けた。

「木之元さんは、中央政界に、打って出ようと、東京にいき、民政党《みんせいとう》に入りました。木之元さんは、政治の世界では、まったくの新人ではありますが、金も持っているし、力もあります。それで、党のなかでの地位も高くなっていったときいています。その頃、あなたも、木之元さんについて東京にいったのではありませんか？　四十三歳になっていたから、うまくいけば、自分も政治家になれるかもしれないと思っていた。そうなんでしょう？」

「確かに、木之元と一緒に、東京にいきました。このまま、彼の秘書をやっていれば、そのうちに、彼が、力になってくれて、私も、政治家に、なれるかもしれない。そう思ったからです」

「そのあとで、いったい何があったんですか？」

「私は、木之元に、ついていれば、うまくいくと思っていたんです。もちろん、最初から参議院とか衆議院の議員に、なろうとは、思っていませんでした。手始めに、島根県の県会議員になろう。そう考えました。これは、島根県でマスコミ界の天皇といわれる木之元が、後ろ盾になってくれれば、何の苦労もせず簡単に、なれると、計算したんです。その後、中央政界に打って出る。そういうふうに考えていたんです」

「そのことは、木之元さんも、しっていたんですか？」

「ええ。それとなく、自分の希望を話していましたから」

「そうしたら？」

「それぐらいのことなら簡単だ。県会議員ぐらい、すぐに、ならせてやる。そういわれました。ただ、その代わりに、私のやってほしいことを、あれこれいわずに必ず実行してくれなければ困る。それが、条件だといわれました」

「それで、木之元さんは、あなたに、何をやってくれと、いったのですか？」

「いや、その時は、それだけです。そのあと、しばらくして、突然、これからいうことを何もきかずに実行してほしいといわれたんです。それで、何をすればいいんですか？　と、きいたら、木之元は、こんなことを、いったんですよ。『私の気に入らない人間がいる。その人間を消してくれ』」

「びっくりしたんじゃありませんか？」

「当然でしょう。最初は、木之元が、冗談をいっているんじゃないかと、思いましたよ。しかし、冗談をいっているような目には、見えませんでした。私は、怖くなってしまいましてね。『そんなことは、絶対にできません』と、いったんです」

「そうしたら、木之元さんは、どういったんですか？」

「突然、笑い出したんです。そして『本気にしたのか？　今のは冗談だ。お前が、私に対して、どれだけの、忠誠心を持っているか、試しただけだ。冗談だから、忘れてくれ』そういったんですよ。その後、木之元が、本当に怖くなってしまいましてね。この男についていったら、この先、どんな目に遭うか、わからない。そう思ったので、秘書の仕事を返上して、東京から松江に、帰ってきたんです」

「その後、木之元さんから、何か、連絡はありましたか？」

「何の、連絡もありません。というよりも、私のほうからは、なるべく、木之元には、近づかないようにしています」

と、大内が、いった。

「もう一度確認しますが、あなたは、三十歳の時に、木之元さんの、秘書になったんですね？」

「そうです」

「そして、その二年後、あなたが、三十二歳の時、木之元さんは、しばしば京都にいくようになって、あなたも、同行した。切符の手配をしたり、時には、車を運転して、京都にいき『シャングリラ』というクラブのホストだったアキちゃんに、木之元さんから頼まれたプレゼントを渡したりしていた。これで間違いありませんね？」

「ええ、間違いありません」

「その時、あなたは、木之元さんには、前々から、そうした性癖があるのではないかと、考えていたといいましたね？」

「そうです。ああいう噂というのは、本人が隠していても、自然と耳に入ってくるものですよ。私自身、木之元勝と一緒に、その頃、京都に、よくいっていましたから」

「その時、木之元さんは、五十五歳でした。ということは、もっと若い頃から、彼には男色というのかな、そういう性癖が、あったわけですね？」

「そうだと思いますね。ああいう趣味は、普通、生まれつきだったり、若い頃の経験が投影しているもので、木之元自身、大人になってから、急に生まれるものではないと、思いますね。それに、木之元自身、そうした性癖を、悪いことだとは、思っていなかったと思います。木之元が尊敬する人物は、織田信長《おだのぶなが》で、信長には、森乱丸《もりらんまる》という美少年の小姓がついていましたから」

「しかし、木之元さんは、中央政界へ打って出るつもりなんでしょう。そうなると、美少年趣味は、マイナスに作用するんじゃありませんか？　現代は女性の支持も大切だから、女性が果して、木之元さんの美少年趣味の性癖を、支持するかどうか？」

「木之元も、それを心配していたと思いますね。私が、やめる決心をした頃は、しきりに、女性票を気にしていて、円満な家庭人になるにはどうしたらいいかを、考えていたようですから」

と、大内は、いった。

しかし、それが、直接、殺人にまで、発展するものだろうか？

第六章　厚化粧の謎

1

木之元勝著「地方から中央へ～私の政治信条～」と題された本が出版された。カラー写真が豊富に入っている、大判の豪華本である。

それが千部印刷され、政界、財界、そして、マスコミ界に贈呈された。

十津川は、その一冊を手に入れて、目を通してみた。

明らかに自己礼賛の匂いが強い、次の選挙を視野に入れた本だが、奇妙なことに、大学を卒業したあとの二十代から三十代にかけては、たったひと言「私は大学を卒業し、二十代から三十代にかけて、さまざまな職業に就いたあとで」とだけしか書かれていない。さまざまな職業の中身が、まったく書かれていないのだ。

その代わり四十一歳で、故郷島根で小さな新聞社を始めたことから、新聞社、ラジオ局、テレビ局を、次々に買収していき、島根のマスコミの天皇と呼ばれるようになったところまでは、何ページも割《さ》いて、詳しく書かれている。

十津川が、関心を持ったのは「大学を卒業し、二十代から三十代にかけて、さまざまな職業に就いたあとで」というたったひと言だけで、木之元が片づけてしまっている三十代の経歴である。

この間、彼は、いったい何を、していたのだろうか？

警察の権限をフルに使って、刑事たちに調べさせた結果、十津川が見つけ出したのは、木之元が、三十歳から四十歳までの十年間にわたって、東京で芸能プロダクション、つまり、テレビや映画に俳優、タレントを提供する会社「プロダクションK」を経営していたということである。

十津川は、その頃の「プロダクションK」の概要を手に入れた。

所属していた俳優やタレントは、さして多くはなく、せいぜい、二十人前後だといわれている。十津川が、このプロダクション経営に関心を持ったのは、木之元が、なぜ、その頃のことを、隠そうとするのかと思ったからである。調べていって、わかったのは、その頃から木之元の美少年趣味が、露骨になってきたらしいことだった。

しかし、それだけで、木之元が、この部分だけを隠す理由がわからない。そこで、さらに調べていった。

十年間の芸能プロダクション経営では、女優は常に二、三人しか置かず、ほかはすべて、男の、それも、二十歳前後の若い俳優である。

木之元が三十五歳の時、所属する俳優たちと一緒に撮った写真が、手に入った。

この時も女優は、三人しかおらず、ほかの十七人は、すべて男の俳優ばかりだが、そのなかに、十九歳の白川勝之《しらかわかつゆき》という俳優がいた。

木之元が「プロダクションK」を経営していた時に、宣伝用として所属する俳優の宣伝パンフレットを作成しているのだが、なぜか最初のページに、一番若い十九歳の白川勝之が、載っているのだ。

よく見ると、一ページ目だけではなくて、二ページ目にも、白川勝之が、さまざまな扮装で、写真に収まっていた。バイクにまたがる現代ふうの若者の写真もあれば、侍姿の時代物ふうの写真もある。

当時、三十五歳から三十六歳の木之元が、いかに、この白川勝之という美少年を売り出そうとしていたかがわかる、宣伝パンフレットである。

この宣伝パンフレットを見ているうちに、美少年、白川勝之が、誰かに、似ていると、十津川は、思った。

そしてすぐ、白川勝之が、実は、若かりし頃の二宮啓介だということに、気がついた。

さらに調べていくと、白川勝之が在籍していたのはわずか三年間、十九歳から二十一歳までであることがわかった。そこに、何か理由があるのではないか。

十津川は、その頃の「プロダクションK」のことをもっとしりたくて、当時、この会社にいた人間を捜すことにした。

見つけたのは桜井修《さくらいおさむ》、六十五歳で、現在では、芸能界からすっかり足を洗い、浅草《あさくさ》で、お好み焼きの店を、出している男だった。

十津川と亀井が、この桜井修に会うために、浅草千束《せんぞく》町の店を、訪ねた時、店の表には閉店致しますの札がかかり、なかに入っていくと、引っ越しの作業をしている最中だった。

若者が三人いて、荷物を片っ端から、通りに駐めたトラックに、運んでいる。

桜井は、十津川に向かって、

「最近の不景気で、この店にも、だんだん客がこなくなりましてね。残念ですが、もう引退です」

しかし、十津川は、その言葉を簡単には信用しなかった。桜井修がやっているお好み焼きの店は、二十年ぐらい続いていて、常連客も多く、この不況のなかでも、儲かっているときいていたからである。

十津川は、引っ越し作業をしている若者三人に、ひとまず作業を中断して表に出てもらってから「プロダクションK」の宣伝パンフレットを取り出して、桜井修に見せた。

「このパンフレットのなかには、桜井さん、あなたの写真も載っていますね。あなたがちょうど三十歳になった頃です」

十津川が、いうと、桜井は、急に懐かしそうな顔になって、

「そうですね。確かに、三十代の頃、この『プロダクションK』にお世話になっていましたよ」

「この宣伝パンフレットのなかに、白川勝之という新人俳優の写真が載っています。この白川勝之は、十九歳から二十一歳までの三年間『プロダクションK』にいたのですが同時期だから、白川勝之のことをご存じですよね？　彼のことで、何か覚えていることはありませんか？」

十津川が、きいた。

途端に、それまで滑らかだった、桜井修の口数が、急に少なくなってしまった。

明らかに、表情も硬い。

誰かが、この桜井修に、圧力をかけて、当時のことを喋るなと、脅かしているのではないだろうか？

そこで、十津川は、わざと、威圧的に出ることにした。

「われわれは今、殺人事件の捜査を、しています。実は、この殺人事件に、木之元勝が関係しているのではないかという疑いを、持っているのですよ。それで、今から三十年以上前、木之元勝が、社長をやっていた『プロダクションK』について調べています。殺人事件の捜査ですから、ぜひ協力していただきたい。お願いします」

十津川の強い口調に、桜井が、やっと小さくうなずいた。

そんな桜井の様子を見ながら、十津川は、言葉を続けて、

「当時の木之元社長ですが、その頃から、美少年趣味があったのではありませんか？　この宣伝パンフレットを見ても、白川勝之ひとりだけが、特別に優遇されているように、見えますからね。当時、木之元社長は、白川勝之のことを可愛が

っていたのではありませんか?」

「そうですね。誰の目から見ても、木之元社長が、白川勝之に、夢中だったのは間違いないですね。何しろ、あのプロダクションが、まるで、白川勝之のためにあるような感じに、なっていましたからね」

「当然、ほかの俳優は不満を持った?」

「ええ、もちろんありました。しかし、社長の木之元さんには、表立って抗議できませんからね。正直いって、当時の『プロダクションK』に、所属していた人間はみんな、我慢していましたよ」

「白川勝之本人は、そうしたことを、どう思っていたんでしょうか?」

「白川勝之は、社長がスカウトして入ってきたんですが、最初はどんどん売ってくれるので、満足していたようですよ。しかし、一年ぐらい経った頃には、少しずつ、自分と木之元社長との関係に、嫌気がさしていたんじゃないかと思いますね」

「どんなところに、嫌気が、さしていたんですか?」

「二年目ぐらいから、木之元社長が自分のことを、やたらに、束縛するので、いやになったというか、怖くなったんじゃありませんかね? 女優とのつき合いは禁止だし、木之元社長が気に入った仕事しかやらせてもらえなかった。そんなことから私が一番の年長だったので、彼から相談を受けたことがありますよ」

「どんな相談ですか？」

「このままだと、自分は、社長の、お稚児《ちご》さんになってしまう。本当は、もっとさまざまな役を、やってみたい。そのために、このプロダクションをやめて、ほかに、移りたいと思っているのだが、ここを、やめたら、今後、芸能界では、働けないようにしてやる。木之元社長から、そういって脅かされていたようで、どうしたらいいだろうかという相談を、受けたんですよ」

「それで、どうアドバイスしたんですか？」

「白川勝之に、いったんです。怖がっていたら、この事務所から、出られない。あの社長のことだから、確かに、何をするかはわからないが、そんなことは、はね返してやるというくらいの強い気持ちを持って、ここから出ていかなくては駄目だ。そういったんですが、やはり、白川勝之は、社長のことが怖かったらしく、なかなか飛び出せなかったようでした。それでも、社長の独占欲というのか、嫉妬心がだんだん強くなってきて、ついに彼も我慢できなくなったんですよ」

「それで、二十一歳の時に、とうとう、飛び出したんですね？」

「それが、とんでもないことになってしまって――」

「とんでもないって、何があったんですか？」

十津川が、きいた時、突然、部屋のドアがノックされた。

「桜井さん、そろそろ、仕事を始めてもいいですか？」

と、さっきの若者の声が、飛びこんできた。

「今の話ですが、とんでもないことって、何だったんですか？」

と、十津川が、重ねて、きいた。

急に、桜井は、目をぱちぱちさせて、

「彼がやめたんで、大騒ぎになった。それだけのことですよ」

「それが、とんでもないこと、なんですか？」

「そうです。何しろ、社長に逆らって、逃げ出したんですから」

と、桜井はいい、外の若者たちに向かって、

「作業を始めてくれ」

と、声をかけた。

「どこへ引っ越すんですか？」

亀井が、きいた。

「私は、島根の出雲の生まれなんですよ。考えてみると木之元社長も島根の生ま

れで、私と同郷ということで、美少年でもないし、三十代から脇役をやっていた私みたいな男を、ずっと『プロダクションK』に置いておいてくれたのではないかと、思いますね」

「それで、出雲に帰って、どうされるんですか？」

「代々、出雲そばの家だったので、これから出雲に帰って、店を出そうかと考えています。家内も賛成してくれたので」

と、桜井が、いう。

「奥さんは、もう先に、出雲にいってしまわれたのですか？」

「ええ、昨日、出雲にいきました」

「まだですか？」

男の声が、きこえた。

少し、尖っている。

十津川と亀井は、閉まっていた店のドアを開けた。

三人の男が入ってくる。その三人に向かって、十津川が、声をかけた。

「あなたたちは？」

三人とも、三十歳前後といったところだろうか？

そのなかのひとりが、

「僕たちは、立木《たちき》運送の人間です」

と、いった。

木が立つと書いて、立木というらしい。

「こちらの桜井さんとは、昔からの知り合いですか？」

十津川が、きくと、相手は、小さく首を横に振って、

「いや、今回だけ、引っ越しを頼まれたんですよ。東京から出雲まで引っ越すんで、みんな、張り切っています。こんなことをいうと申しわけないけど、仕事で出雲までいって、有名な出雲大社にお参りできますからね」

「名刺をお持ちでしたら、いただけませんか？」

十津川が、相手に、いった。

「どうぞ」

意外にあっさり、いい、男は、軍手を外すと、作業着のポケットから、名刺を取り出し、十津川に、渡した。

この近くの上野《うえの》の住所と、立木運送という社名、そして、立木大輔《だいすけ》という名前が印刷されていた。

「あなたが社長さんですか?」

と、亀井が、きいた。

「いや、僕じゃありません。社長は、うちの親父ですよ」

と、立木大輔が答え、

「明かるいうちに出発しましょうよ」

と、立木が、桜井を、促した。

それを潮に、十津川たちも腰をあげて、捜査本部に戻ることにした。

捜査本部に帰ると、ただちに、捜査会議が開かれた。

その直前、木之元勝が、最大政党である民政党の副幹事長になったことが、しらされた。まだ選挙の洗礼は受けずにいるのに、木之元が副幹事長になったのは、それだけの資金力、また、島根県で、圧倒的な力を持っていることが評価されたのだろう。

捜査会議の冒頭で、三上本部長が、十津川たちに向かって、

「木之元勝が、民政党の副幹事長になったことは考えずに、会議を進めよう」

わざわざ断ったことが、逆にいえば、圧力になっているともいえるのである。

「木之元勝ですが、三十歳から四十歳まで、東京で『プロダクションK』という

芸能プロの社長をやっていました。抱えていた俳優やタレントは、全部で二十人でした。そのうち三人が女優でしたが、残りの十七人は、全員が、男優です。彼が三十五歳になった時『プロダクションK』が五年目を迎えた時、十九歳の美少年が、入ってきました。美少年趣味の木之元勝が、スカウトして連れてきた少年で、芸名は、木之元勝がつけました」

十津川は、当時の宣伝パンフレットから、白川勝之の写真を、黒板に貼った。

「この白川勝之ですが、後の二宮啓介、本名、田宮始です。当時『プロダクションK』に所属していた桜井修という男から、話をきいてきました。桜井修は現在六十五歳、浅草の千束町で、お好み焼きの店をやっていた男です。彼の話によると、木之元社長の、白川勝之に対する溺愛ぶりは、大変なものだったらしくて、この宣伝パンフレットでも、新人の白川勝之に、わざわざ二ページを割いて、宣伝しているのです。白川勝之も、最初は、自分を積極的に売り出してくれるので、木之元社長に、感謝していたようですが、そのうちに、木之元社長の、自分に対する束縛が、あまりにも強いので、次第に嫌気がさしてきて『プロダクションK』をやめたいと思うようになったが、芸能界では、生きていけなくなるようにしてやるぞと、社長に、脅かされた。それでやめるには、どうしたらいいだろうかと、桜井修に相談したというのです。二十一歳になったとき、彼は、とうとう、この『プロダクションK』をやめています。彼は、その後、中堅俳優の二宮啓介、となっていくわけです。白川勝之が『プロダクションK』をやめた時には、木之元社長の狼狽ぶりは大変で、桜井修に対しては、おまえはもう、芸能界の仕事をしなくてもいいから、何としてでも白川勝之のことを探し出せと命令されたと、桜井は、いっています」

「しかしだね、木之元勝が、その頃から美少年趣味を持っていて、白川勝之、後の二宮啓介を可愛がっていたとしても、別に、それが犯罪になるわけではないだろう？　世の中には、そういう趣味の人がいないというわけでもないんだし」

と、三上本部長が、いった。

「そのとおりです。桜井修の証言によっても、芸能界、特に独立プロダクションの社長には、美少年趣味の社長が結構いて、時々、可愛がられている俳優、もちろん、男の俳優ですが、彼らから、しばしば相談を受けたことがあるといっていました。ところで、白川勝之ですが『プロダクションK』をやめようとした時、大変なことになったと、桜井は、いっているのです」

「どう大変だったんだ？」

「それが、私が、大変の内容をきくと、桜井は急に、腰が引けてしまって、白川勝之が、やめたことが、大変なんだというのです。あれは、明らかに、嘘をついていますね」

と、十津川は、いった。

「君には、大変の中身が、想像がつくのか？」

「ここに、俳優二宮啓介の経歴を書いたものがあります」

十津川は、メモしてきたものを、声に出して、読んだ。

十九歳　スカウトされ『プロダクションK』に入る。白川勝之の芸名は、木之元社長の命名。

二十一歳　一身上の都合により『プロダクションK』をやめる。

二十四歳　葵《あおい》クラブに入る。この時から二宮啓介と名乗る。後援者に、原口《はらぐち》弁護士がつく。原口弁護士は葵プロの顧問弁護士でもある。

「このあと、二宮啓介は、俳優として成長し、さまざまな賞を手にすることになります」

「それは、わかるが、大変なことは、どこへいったのかね？」

「二十一歳の時『プロダクションK』をやめ、次に二十四歳の時、芸名を二宮啓介に変えて、俳優として、復帰しています。その間、三年もかかっているのです。正確にいえば、二年五カ月です。なぜすぐ復帰できなかったのかということです」

「それは、木之元が怖かったからじゃないのかね？」

「彼には、原口というベテラン弁護士が、ついていたわけですから、木之元を、怖い、それも二年五カ月もおびえているというのは、おかしいと思うのです」

「しかし、現実に、二年五カ月かかっているんだろう？」

「そうです。この二年五カ月が、桜井のいう、大変なことだったのではないかと考えました」

「よくわからないが――」

「すぐ、芸能界に復帰したくても、できなかったんじゃないかと思うのです」

「もう少し具体的にいってくれないかね？」

「刃傷沙汰があったのではないかと」

「刃傷沙汰？」

「木之元は、自分がスカウトし、芸名も自分がつけてやって、売り出したのに、逃げ出した。木之元は、かっとして、白川勝之の顔に切りつけた。俳優の顔を、傷つけたんです。治るまで、復帰はできません。それに、二年五カ月かかった。それが、大変なことの正体ではないかと思うのです」

「それが事実なら、木之元には、傷害の前科があることになるがね」

「ありません。すべて、金で解決したんだと思いますね。しかし、しっている人間はいる。調べた人間もいる。そのことが、今回の殺人事件に繋がっていると思うのです」

もちろん、十津川は、この件については、しっかりと、証拠がためをするつもりでいる。

二宮啓介の顔の傷を、わからないように、治療した医師の証言。

当時、彼の周囲にいて「大変なこと」について、事実をきいた人たちの証言。

その時、木之元が、二宮啓介の口封じに払った金額。

この傷害事件が、事実だとなった時、木之元勝の美少年趣味が、政界に進出する時、殺人を犯すまでの動機になってくるのだと、十津川は、考えた。

美少年に対する過度の愛情は、政治家木之元勝にとって、攻撃される材料にはなるだろうが、それだけでは、致命傷にはならないだろう。しかし、その美少年趣味に、傷害事件が伴っていれば、間違いなく、致命傷になる。

「もう一つ考えたことがある」

と、十津川は、亀井に、いった。

「この件についてですか？」

「もちろんだ。木之元には、傷害の前科はない」

「それは、二宮啓介にというか、田宮始に大金を払って、口封じをしたからですよ」

「二宮啓介は、その金で、手術をし、一年五カ月後に芸能界に復帰した」

「そうです」

「それなら、木之元は、美少年趣味と、傷害について攻撃されても、傷害については、そんな事実はないと、突っぱねることができたはずだ。手術によって、二宮啓介の顔の傷が、完全に消えていればだ。ところが、木之元は、殺人まで犯している。自分の手を使わなくてもだ」

「と、いうことは、二宮啓介の顔の傷は、完全には、治っていなかったということになりますね」

「そうだよ。彼の顔に残った傷跡は、はっきりと、木之元の犯した傷害事件の証拠だったんだ」

「しかし、二宮啓介は、長い俳優生活を送っていますが、顔に傷があるという話は、きいたことがありませんが」

「それは、化粧で、隠していたんだよ。傷跡は、残っていたが、優れた化粧によって、わからなくしていた。だから、誰も、二宮啓介の顔の傷に気づかなかった。しかし、化粧を落とすと、傷跡がわかったが、彼はたぶん、それを、他人には、見せなかったんだ」

「しかし、傷跡のはっきりわかる写真は、ないんじゃありませんか？　彼はずっと、俳優二宮啓介として、生きてきたわけですから」

「今、思い出した。二宮啓介は、いい俳優だが、なぜか、化粧が濃いという噂をだよ」

「私も、その噂をきいたことがありますよ」

「もう一つ。彼は、五十歳の時、なぜか、突然、今までの生き方をやめて、別の人生を生きたいといいだした。誰も、その理由がわからなかったのだが、今ならわかる。彼は、俳優二宮啓介として、生きてきた。化粧で、顔の傷跡を消した人生だよ。だが、五十歳になった時、傷跡を隠す生活に疲れてしまったんじゃないかな。平気で、傷跡をさらして生きたいと、思うようになった。それで、俳優をやめ、一畑電車の名誉駅長に応募した」

「すぐ、二つの写真を比べてみましょう。俳優二宮啓介と、名誉駅長田宮始の写真です。顔の部分を、拡大すれば、警部のいわれることが、証明されるんじゃありませんか」

早速、二種類の写真が、用意された。

名誉駅長　田宮始

俳優　二宮啓介

二つの写真が、五枚ずつである。

俳優二宮啓介の顔写真は、いくら、見つめても傷跡は見えない。最近の化粧は、それだけ進歩しているということだろう。

名誉駅長の田宮始の顔写真は、ぱっと見たのでは、気づかないが、じっと見据えると、左の頬に、五センチくらいの長さの白く細い線が、浮かんでいるのが、見えた。明らかに、傷跡である。白いといっても、皮膚の色である。ただ、ほかの部分より、明かるい色なので、凝視すれば、わかるのだ。

糸のように細い線だから、逆に目立つ。

木之元勝にしてみれば、この細い線が、命取りになりかねなかったのだ。

次の捜査会議で、十津川は、この事実を、三上本部長に、報告した。

「木之元勝の異常ともいえる美少年趣味は、それだけなら、今回のような殺人事件にまで突き進むことはなかったと思うのです。それが傷害事件にまでいってしまった。木之元が、政界進出を考えた時に、この傷害事件が、大きな障害になったわけです」

「しかし、五十嵐昭の場合は、傷害事件は起きていなかったんだろう？　それなのに、五十嵐は殺された。そこに、どんな問題があったんだ？」

と、三上が、きいた。

「その五十嵐昭ですが、こちらも高校を卒業した直後の十八歳の時、京都の祇園で、美少年ばかりを集めたクラブで働き、木之元勝が、そこに通っていました。確かに、五十嵐の場合は、傷害事件は、起きていません」

「それでも、君は、五十嵐昭を殺したのも、木之元勝だと考えているんだろう？」

三上本部長が、十津川を見ながら、いった。

「はい。そう考えています」

「しかし、木之元勝は、今や民政党の副幹事長だよ。それに傷害事件は起こしていない。いかに相手を憎んだからといって、自ら手をくだして、殺したりするかね？　私には、そんなことがあったとは、とても、思えないんだがね」

　三上本部長が、いった。

「そのとおりです。木之元勝は、自分で手をくだすような人間ではありません」

「君は、その点を、どう考えるんだ？」

「ある男の証言ですが、木之元勝が、島根で地元のテレビ局を経営していた時の話だといいます。自分に敵対する人間がいて、ある時、この証言者に向かって『あのけしからん奴を殺してこい。殺してくれれば、一千万円払う』と、いったそうなんです。証言者は、びっくりしてしまい、すぐに、逃げ出したといっています。木之元勝自身も、笑いながら、今のは冗談だよといっていたそうですが、これは、木之元勝という男の、精神構造の一面を示していると、考えるのです。自分に逆らう人間、自分を批判する人間、自分を認めようとしない人間は、絶対に許さない。しかし、自分からは手をくださず、金の力に物をいわせて、誰かを雇って殺させる。それが、木之元勝という人間のやり方だと、思っています。木之元勝は、その方法を使って、今までに五十嵐昭と二宮啓介の二人を殺したのは、間違いないと、私は、思っているのです」

「問題は、動機なんじゃないのか？」

と、三上が、いった。

「もちろんです。どんな殺人事件であっても、犯人には、犯人なりの殺人を実行するに足る理由があります。ですから、木之元勝にも、何らかの理由というか、動機があったものと考えます」

「五十嵐昭の件を考えてみよう。彼は、十八歳という若い頃に、京都の『シャングリラ』という美少年ばかりが集められたクラブで働いていたのは、今から何年前なんだ？」

「十三年前です」

「白川勝之こと、二宮啓介が『プロダクションK』にいたのは何年前だ？」

「三十一年前から、三年間です。つまり、五十嵐昭が、木之元勝と問題を起こした時点では、すでに、傷害事件を起こしていたのです。五十嵐昭は、そのことはしらなかったと思います。したがって、自分が殺されるなどとは、まったく思っていなかったはずです」

「それで、五十嵐昭は、木之元に対して、具体的に何をしようとしたんだ？　なぜ、危険な尻っ尾を踏むようなことをしたのかね？」

「最近の五十嵐昭は、ノンフィクションライターとして著名で、その顔写真を見ると十八、九歳の頃の美少年の面影はありません。むしろ、闘う中年男の顔です。二年前に、彼は『孤独であることは罪か？』という作品で、ノンフィクション大賞を受賞していますが、その後の二年間、これといった仕事をしていません。ノンフィクション大賞をもらってしまったので、次には、これを超えるような作品を書かなければいけない。あるいは逆に、売れるような作品を、書かなければいけない。そうした重圧があったのではないかと、友人たちは、いっています。大賞をもらった作品は、真面目で、できのいい作品ではありますが、出版社としては、次は、売れるものも書いてもらいたい。それも、悩みの一つだったと思うのですが、二年間のブランクのあと、最近になって、五十嵐昭は、書くべき対象が見つかったといって、喜んでいたというのです。彼は、恋人に向かって、今までとはまったく違う作品だといっていたのです。そこで、この先は推測なのですが、彼は、自分が十代の時に経験した問題、日本の英雄とか、有力な政治家には、なぜか、美少年趣味の人間が多いということを、それが、日本の伝統なのかどうか自分の体験を通じて書きたいと思ったのではないかと思うのです。私が、調べたところでは、最近、五十嵐昭は、織田信長や、上杉謙信《うえすぎけんしん》について、調べていたことがわかりました。織田信長には、有名な森蘭丸という美少年が、ついていましたし、上杉謙信のほうは、生涯、妻というものを持ちませんでしたが、寵愛した直江兼続《なおえかねつぐ》という武将がいました。彼が子供の時、上杉謙信は、その美少年ぶりに惚れて、自ら、小姓に取り立てたといわれています。また、軍隊の学校では、男社会なので、自然に上級生が下級生のなかから美少年を選んで、可愛がっていたといわれています。いわゆるお稚児さんです。なぜ、日本では、英雄と呼ばれる男が、女性ではなくて美少年を可愛がるのか？　それを、自分の体験を通じて書こうとしたのではないかと、思うのです。自分の過去に照らしてみると、織田信長や上杉謙信といった英雄たちのお稚児さん趣味が、今の大物政治家のなかにも、脈々と生きているのではないか？　その例として、これから中央政界でのしあがっていくであろう木之元勝を、取りあげようとしていたのではないでしょうか。自分が関係しているから、具体的に書ける。それで、五十嵐昭は、木之元勝にぶつかっていきました。ところが、現代社会では、美少年趣味というのは、称賛もされませんんし、それどころか逆に、忌避されてしまいます。特に、政治家の場合は、健全な家庭を持っていることが、総理大臣になる条件のように思われていますから、突然、五十嵐昭が取材にきたことで、木之元勝は、狼狽したのではないかと思うのです。しかし、五十嵐昭は、昔、十三年前に、自分が可愛がっていたというか、愛していた美少年ですから、それを嘘だとはいえません。その上、その美少年が成長した五十嵐昭は、今や、日本でも有名なノンフィクションライターですから、厳しく書くのではないか。一番の問題は、三十数年前の傷害事件です。五十嵐昭の鋭い筆によって、隠してきた白川勝之への傷害事件が、明かるみに出てしまうかもしれない。そうなれば、中央政界への足がかりを失うのではないか。その恐怖から、木之元勝は、五十嵐昭を殺してしまった。これが、第一の殺人事件に対する私の考えです」

「そうすると、五十嵐のほうは、自分が殺されるなどとは、まったく考えていなかったというわけだね？」

「だからこそ、平気で、相手を部屋に通し、自分の名刺を渡したんだと思いますね。むしろ、面白い、売れる作品が書けると張り切っていたんだと思いますね」

「この事件が、きっかけになって、第二の殺人事件が、起きたようなものだな？」

「同感です。ただ、二宮啓介が、今までどおり俳優を続けていたら、次の殺人事件は、起きなかったかもしれません。彼は、化粧で顔の傷跡をかくして、演技をし、誰もそれに気づきませんでしたから。しかし、彼は、化粧で誤魔化す生活に嫌気がさして、すっぴんで生きようとしたのです。それが、一畑電車の名誉駅長への応募です。これは、二宮啓介ではなく田宮始になるという決意なのです。しかし、一畑電車では、二宮啓介という俳優としての名前を宣伝に利用しようとする。これは、当然です。観光客も、二宮啓介として、名誉駅長を見ますからね。その顔に、傷跡があれば、注目します。それが、木之元勝には、恐怖だったんですよ。三十数年前の傷害事件が、明らかになったら、マスコミは、喜んで話題にするでしょうからね。木之元勝は、二宮啓介に戻れと命令したのではないかと思います。傷跡は化粧で隠せと。しかし、相手は、田宮始で生きるといい返した。そこで、木之元勝は、田宮始を射殺してしまった。これが、第二の殺人だと考えています」

「しかし――」

と、三上は、慎重に、いった。

「確証なしでは、木之元勝を逮捕したり、尋問したりはできないぞ。それに、彼は現在、民政党の副幹事長だ。よほどはっきりとした証拠が見つかるまでは、絶対に、彼に手を出してはいかん」

「わかりました」

十津川は、うなずいた。が、この時、彼が心配していたのは、田宮の娘、あずさのことだった。

2

あずさは、父親の素顔を見ているはずである。その、化粧しない顔に、五センチの傷跡があるのを、しっていたのではないか。

さらに考えれば、その傷跡について、父親から、何かきいているのではないのか。それが、心配だった。

十津川は、亀井と、すぐ、あずさに会いに出かけることにした。

ひとり娘のあずさは、父親の田宮始が殺されたあと、父親の遺品というか、過去の活躍ぶりなどを報道した新聞雑誌の記事や写真、あるいは、その切り抜きなどを整理しているときいたのである。現在、あずさは、その作業をするために、父親が住んでいたマンションに移っていた。

十津川と亀井の二人の刑事が、そのマンションに訪ねていった時、あずさは、父親の田宮始が残していった資料の整理をやっていた。

その手を休めて、あずさは、十津川たちのためにコーヒーを淹れてくれた。

十津川は、木之元勝が、東京で「プロダクションK」をやっていた三十年以上も前の宣伝パンフレットを持っていって、それを、あずさに見せた。

「これは、今から三十年以上も前の写真なんです」

と、十津川が、いうと、あずさは、大きな声で笑って、

「それなら、私はまだ、この世に生まれていませんわ」

と、いう。

「この宣伝パンフレットには、一ページ目と二ページ目に、若い時の田宮さんが写っているんですよ」

と、いうと、あずさは、パンフレットのページを繰りながら、

「でも、ここには、白川勝之という名前は、出ていますけど、二宮啓介という名前は、見当たりませんわ」

「それは、田宮さんがというか、二宮さんが十九歳の時、この『プロダクションK』に、所属していた頃には、白川勝之という芸名を名乗っていたんですよ。

『プロダクションK』の社長、木之元勝がつけた名前でしてね。ご覧のように、宣伝パンフレットの最初のページに写真が載っていますから、会社としても、大いに、売り出そうとしていたと考えられます。写真を見ると、若い頃の田宮さんは、大変な美少年ですよ」

「確かにそうですけど、何しろ、私が生まれる前のことですから、その頃の父については、あまりしらないんです」

「しかし、田宮さんが十九歳の頃から、この世界に入っていたことは、これを見れば、おわかりになるでしょう?」

「ええ、確かに」

「当時の写真なり、手紙なりは残っていませんか?」

と、十津川が、きいた。

「ちょっと待ってください」

あずさは、奥の部屋に消えると、段ボール箱を一箱抱えて戻ってきた。

「このなかには、父の十代の後半から三十代前半の頃までの写真とか、手紙とかが、入っています。まだ、整理はしていませんけど、ご覧になってください」

と、あずさが、いう。

十津川と亀井は、あずさが淹れてくれたコーヒーを飲みながら、その段ボール箱の中身を、整理することにした。

死んだ田宮始は、几帳面な性格の男だったらしく、小さなものまで、すべて保存してあった。「プロダクションK」に所属していた三年間は、本人にしてみれば、あまり楽しい時期ではなかったはずだが、それでも、当時の資料とか、写真とかがきちんと保存されていた。俳優とかタレントとかいう人種は、基本的に、ナルシストだから、自分にとっていやなものでも、自分のことを取りあげたものであれば、すべて、取っておこうという気持ちになるのだろう。

「プロダクションK」に所属していた頃の資料が、束になって、残っていたので、それを一つ一つ丁寧に見ていった。そこには、十津川が手に入れた「プロダクションK」の当時の宣伝パンフレットも入っていた。

十九歳から二十一歳までの白川勝之を、おそらく、社長の木之元勝は、強引に推薦したのだろう。当時の白川勝之が出演したテレビドラマなどの写真も、残っていた。

その写真のなかには、白川勝之が、白虎隊の隊士に扮した写真もあった。どうやら、木之元勝というのは、美少年のなかでも、白虎隊士のように、どこか凜々しくて、そして儚い少年が、昔から好きだったらしい。

写真のほかには、自分の写真の裏や、あるいは、コースターの裏などに書かれたメモも残っていた。

例えば、こんなことが、写真の裏に書かれてあった。

〈今日、木之元社長から叱責される。十九歳の若さで、女といちゃいちゃするな。そんなことをしていれば、俳優としては、失敗するぞ。殴られたみたいな強い口調〉

二十歳の時のメモもあった。

こちらは、たぶん、ファンの女性からもらったのだろう。可愛らしいネコのマークのついた手帳に、書かれたメモである。

〈今日、いやなことがあった。だが、それを書くことはできない。これは屈辱だ。

社長の持っている軽井沢《かるいざわ》の別荘に呼ばれ、あんなことになってしまった。

私の心と体は、汚れてしまったのだろうか？〉

〈昨日のことがあったからか、社長は、パテックの腕時計を買ってくれた。

しかし、それを身につける気はない。たぶん、その腕時計を見るたびに、あの夜のことを思い出してしまうからだ〉

〈Sさんに相談する。

Sさんは、うちの会社でも特異な存在だ。まだ三十代の若さだが、それでも老《ふ》け役もやっていて、落ち着いた感じがする。

だから、兄貴分のような存在なので、若い芸能人たちから、身の上相談のようなことをよくされるらしい。

私は、Sさんに社長のことを話した。

社長は、私のことを可愛がってくれるし、いい役をもらってきてくれる。それは嬉しいし、ありがたい。

しかし、私は、社長が怖いのだ。

できれば、この事務所をやめて、別の事務所に移って、そこで芸能活動を続けていきたいと思っている。

でも、そんなことをすれば、あの社長のことだから、何をされるかわからない。どうしたらいいのか、それをSさんに相談した。

腹を決めて、この事務所を出ていけ。あとは、何とでもなる。今こそ、勇気を持って飛び出さないと、一生この事務所にいなければならないことになってしまうぞと、Sさんが、いう。

確かに、そのとおりだと思うのだが、私には、飛び出す勇気がない。

どうしたらいいのか？

私は、もう二十歳。それなのに、私が出演するドラマの撮影には、なぜか、いつも社長がついてくる。

やめてほしい〉

二十一歳の時のメモには、こんなものもあった。

〈今日、ドラマで共演したA子と共同記者会見をした。

ドラマの宣伝になるから、私とA子が今、ラブラブの熱愛状態だというようなことを口にしてもらいたいと、テレビのプロデューサーが、いった。

そこで、共同記者会見には、二人で腕を組んで出席したのだが、それを見て、うちの社長が激怒し、無理やり理由をつけて、私を、そのドラマから降板させてしまった。

こんなことをされていると、私は今後、おそらく、芸能界では生きていけなくなるのではないか？

一日も早く決心して、この事務所から飛び出したほうがいいのだろうか？〉

こうしたメモや写真、手紙などを、亀井と二人で丁寧に目を通しているうちに、十津川は、あることに気がついた。

3

あずさは、この段ボール箱を運んできた時に、まだ整理していないと、十津川に、断っている。

しかし、十津川が見た限りでは、すべての資料が、明らかに年代順になっていたし、しわになったメモの紙は、丁寧に延ばしてあったのだ。

その段ボール箱を、あずさに返す時にも、十津川には、そのことが引っかかっていた。まだ整理していないというのは、明らかに嘘なのだ。

この段ボール箱に入っていた父親の十代後半から三十代前半までのメモや手紙、写真などを、すでに娘のあずさは、目を通しているのである。

最後に、十津川が、あずさにきいた。

「お父さんの素顔を見たことは、ありますよね。父親なんだから」

一瞬、間があって、あずさが答えた。

「ええ。でも父は、いつも、二宮啓介でした」

十津川は、それ以上、何もきかずに、捜査本部に戻った。

そのあとで、十津川は、亀井に、

「どうも引っかかるんだ」

「あずさが、父、田宮の顔に、傷跡があるのをしっていたかどうかということでしょう。娘なんだから、気づいていないはずはありませんよ」

「カメさんも、そう思うか」

「思います。あの年頃は、敏感ですから」

「父親の田宮が、顔の傷跡について、本当のことを、娘に話していたかどうかだな」

「いずれにしろ、娘のあずさは、何があったか気づいていたと思いますね」

「カメさんは、どうして、そう思うんだ？」

「田宮始の若い時、白川勝之の頃の資料ですよ。あずさは、整理してないといっていましたが、あれは、警部のいわれたように、嘘です。何回も、目を通しているんです。ということは、白川勝之の時代と、顔の傷跡を結びつけて、考えている証拠じゃありませんか」

と、亀井が、いった。

「心配なのは、これから、彼女が、何をしようとしているかだな」

「何をすると、警部は、思われますか？」

「怖いのは、父親の死と、木之元勝が関係があるのではないかと考えて、接触していくことだな」

と、十津川は、いった。

第七章　祭りの終わり

1

十津川は、不安が高まるのを感じた。この不安には、三人の人間が絡んでいた。

ひとり目は、木之元勝である。

先日、民政党では、次の総選挙に公認する候補者を発表した。副幹事長である木之元勝は、島根選挙区から、立候補することが決まり、もちろん、民政党の公認を受ける。

木之元勝は、島根県では、新聞やテレビ、ラジオなどのマスコミ界を牛耳っているから、当選は、まず確実だろうと、新聞は書いていた。

現在の木之元勝は、選挙に出る前から、すでに党の副幹事長という重要なポストに就いている。したがって、ただ勝っただけでは、意味がない。圧倒的な強さで、勝利しなければ、民政党内での地位は、必ずしも、安泰とはいえないだろうと新聞には、書いてある。

そこで、木之元勝は、現在、一畑電車と、松江市の共同で開催されている祭りの最終日、八月三十一日に、松江市長などとともに、島根の有名人のひとりとして参加し、講演することが、決まったという。おそらく、木之元勝は総選挙の前哨戦のつもりだろう。

二人目は、殺された田宮始のひとり娘、あずさである。

十津川たちは、あずさに会い、父親の田宮始こと、二宮啓介が、十九歳から二十一歳まで、今から三十三年前に、木之元勝が、社長をやっていた東京の芸能事務所「プロダクションK」に、新人の俳優として所属していたことをもう一度話した。

彼女が、今、どこで、一所懸命に、事実に近づこうとしているのかを、十津川は、しりたかった。

あずさが、木之元勝に対して、疑いの目を向け出したことは、まず間違いないだろう。父親の突然の死に、木之元勝が関係していると、あずさは、考えたに違いないのである。

このまま進んだ時、あずさは、木之元勝に対して、どういう行動に出るだろうか？

ただ単に、木之元勝に電話をして、脅かすだけだろうか？　それとも、自分自身の手で、木之元勝を殺し、父親の敵を討とうとするのだろうか？

三番目は、木之元勝の指示を受けて、あるいは、大金をもらって、五十嵐昭と、田宮始を殺した犯人の動きである。

犯人が、若い男らしいということだけは、わかっているが、名前も職業も、所在もわかっていない。

田宮あずさが、真相に近づけば、木之元勝は、その男に、あずさを殺すようにと命令するだろう。何しろ、木之元勝には、次の総選挙が控えており、それに勝利することが、何よりも大事だからである。だから、それを、邪魔する者は、容赦しないはずだった。

十津川は刑事たちに命じて、田宮あずさと木之元勝の二人を、監視することにした。

十津川は、八月三十一日が、一番危険だと考えていた。

木之元勝は、この日の午前中から、松江の公民館で、島根県の将来、日本の将来について講演し、午後からは、一畑電車の祭りの、記念電車に乗って、出雲まできき、出雲大社にお参りすることになっている。そして、東京に帰ってくるのは、九月一日と発表された。

あずさは現在、会社勤めの、ＯＬである。いつものように出社して、仕事を終えたあと、自宅に帰ってくる。そういう毎日を、繰り返していた。

祭りが始まっても、これといった特別な動きは、見せていなかった。

西本と日下の二人が、田宮あずさについて、一つの情報を、十津川に伝えた。

「彼女が最近、ひとりの男とつき合っていることがわかりました」

名前はわからないが、身長百八十センチくらいの背の高い男で、年齢は三十歳前後だという。

「その男は、彼女が働いている会社の人間か？」

と、十津川が、きいた。

「会社の先輩とか、同僚とかではありません」

「あずさに、恋人が、できたということか？」

「恋人かどうかは、わかりません。今のところ、彼女とその男が、恋人らしいつき合いをしているところを、まだ確認していません」

と、日下が、いった。

もう一つ、田宮あずさについてわかったことがあった。それは、八月二十九日から一週間、会社に、休暇願を出しているということである。これも、西本と日下の二人が、きき出してきた。

八月二十九日から一週間というと、正確には、八月二十九日から、九月四日までである。当然、そのなかには、十津川が注目している八月三十一日も、入ってくる。十津川には、そのことが気になった。

「田宮あずさが、一週間の休暇願を出した理由は、何なんだ？」

「休暇願には、父の墓参りと書いてあったそうです」

「なるほど。しかし、それなら、一週間も休暇を取る必要はないだろう？」

「確かに、二日もあれば充分なはずです。一週間もの長い休みは必要ありませんね」

と、日下が、いい、

「とすれば、やはり、八月三十一日の前に、松江にいっているつもりなんだろう。向こうで、木之元勝に、接触するかもしれないな」

問題は、何のために、そうするかである。

木之元勝の監視は難しかった。何しろ、民政党の副幹事長になり、秘書が五人もついている。その上、党員としての仕事について、警察が、いちいち監視をつけるわけにもいかないし、第一、五人の秘書がガードしているので、木之元勝本人に接触することが、難しいのだ。

十津川は、木之元勝が、若い犯人に命じて、五十嵐昭と田宮始を殺したと、考えているが、これはあくまでも推測であって、本人が、容疑者になっているわけではない。したがって、木之元勝に対して強制的に捜査を進めるために、裁判所から令状をもらうことも難しかった。

八月中旬をすぎる頃から、十津川は、いら立ちを感じてきた。

「木之元勝の電話を盗聴できれば、簡単なんだがね」

十津川は、つい、亀井に向かって、愚痴をこぼした。

「そうですね。一番しりたいのは、田宮あずさが、木之元勝に接触し、父親の若い頃のパンフレットについて、問い質しているのかどうかということですね」

と、亀井も、いった。

「もし、あずさが、ひとりで、父親の敵を討とうとして電話か、メールで、木之元勝を脅かしているとすれば、木之元勝のほうは当然、五十嵐昭と田宮始を殺した犯人に何らかの指示を出しているはずだ。その内容もしりたいね」

十津川が、いった。

しかし、それが無理なことは、十津川自身が、一番よくしっていた。

十津川たちが、何としてでも、しりたい肝心な部分が、不明なまま、時間だけが経ち、八月三十一日に近づいていった。

2

十津川は亀井を伴って、出雲市にいくことにした。

浅草で、お好み焼きの店をやっていた桜井修、六十五歳が、突然、出雲市に、引っ越して、出雲そばの店を出すといっていたのを思い出し、桜井修に、もう一度、会ってみたくなったのである。

何か、捜査のヒントになりそうなことを、桜井修から、きけるかもしれないと、いう思いもあった。

二人は、空路、出雲に飛び、空港から出雲市内の桜井修に電話をかけたが、なぜか通じなかった。

そこで桜井修の親戚がやっている出雲そばの店を、訪ねることにした。桜井修は、その店でしばらく、そば打ちの修業をすると、十津川に、いっていたのである。

タクシーに乗って、店の名前を告げると、運転手は、

「ああ、その店ならよくしっていますよ。このあたりでは、有名な店で、観光客もよくいく店ですからね」

と、いい、まっすぐ、向かってくれた。一畑電車の出雲大社前駅から出雲大社までの長い参道の途中にある店で〈出雲第一〉という店名だった。

店の主人、三宅宗助《みやけそうすけ》に、会った。タクシーの運転手がいったように、店内は観光客で、かなり混んでいる。

しかし、どこにも、桜井修の姿は見当たらなかった。

十津川は、三宅に向かって、警察手帳を示してから、

「桜井修さんは、こちらで、しばらくの間、そば打ちの修業をすると、おっしゃっていたんですが、桜井さん、見当たりませんが」

「そうなんですよ。前々から桜井は、そばに興味を持っていて、その打ち方なん

かを、独学で勉強していたそうですが、今度、東京のお好み焼きの店を、畳んで、正式に、こちらにきて、出雲そばの店を出すことになったといっていたんです。そこで、一カ月くらいは、うちで、本当の出雲そばの打ち方を、一から勉強したいとも、ですよ。それなのに何でも、後始末をしなければいけないことが、できてしまったので、八月の三十一日までは、そば打ちの勉強ができない。桜井が急にいってきたんです」

「今、桜井さんは、どこにいるんですか？」

「わかりませんが、桜井と電話で話した時、できれば、この参道で店を出したい。それで、もし売却するという店があったら、手を打っておいてもらいたいと頼まれたのでこちらでも、今、適当な店を、探しているところなんですよ。ですから、八月三十一日までには、連絡してくると思っているんですがね」

三宅宗助は、笑顔で、いった。

何の不審も不安も感じていない、そんな三宅宗助の顔だった。

十津川は、今度は、桜井修のことが心配になってきた。

十津川と亀井が、三十三年前の「プロダクションK」と、当時十九歳だった二宮啓介の話をきくために、桜井修に会った時、ちょうど引っ越しの最中だったのである。当然、その引っ越し先は、この出雲市だと思っていたのである。

だが、桜井が、そば打ちを、修業しようと考えていたこの店には、まだきていないという。

店の主人の三宅宗助は、桜井修が電話をしてきて、後片づけをしなければならないことがあるので八月三十一日までは、そばの修業をすることができないといったという。

十津川は、八月三十一日が、松江の祭りの最終日で、木之元勝が、こちらにきて、その日に講演会を開いたり、一畑電車に乗ったりすることになっていることを思い出していた。

そのことと、桜井修が、電話でいってきたという、八月三十一日までは、そば打ちの修業ができないという言葉とは、同じことを、意味しているのだろうか？

偶然、桜井修が八月三十一日までは、そば打ちの修業ができないといったのと、木之元勝が、こちらにくるという八月三十一日とが重なっていなければ、何も心配することはないのだがと、十津川は考えてしまうのだ。

「こちらから、桜井修さんに、連絡を取ることは、できないんですか？」

亀井が、きいた。

「携帯電話の番号を、教えてもらっていたので、何度か、かけてみたんですが、通じませんでした。通じない理由は、わかりません。ですから、今は、向こうから連絡がくるのを待っている状態です」

それでも、三宅宗助が心配する気配はない。

「桜井さんから、連絡があったら、すぐ私に、電話をするようにと、いっていただけませんか？」

十津川は自分の携帯電話の番号を紙に書いて、三宅宗助に渡してから、亀井を促して、店を出て、参道を出雲大社に向かって歩いていった。

3

「少しずつですが、事件の真相に、近づいたような感じがしますが」

歩きながら、亀井が、いった。

「そうだな。確かに、カメさんのいうとおり、何となくだが、何かが、わかってくる感じがしてきたよ」

十津川が、応じた。

「まさかとは思いますが、桜井修まで、殺されてしまったということは、ないでしょうね?」

心配げな顔で、亀井が、いった。

「それはないと思うね。木之元勝は、次の総選挙で立候補する。民政党からも公認されている。そんな時に、なるべく、事件は起こしたくはないだろうからね」

二人は出雲大社に参拝したあと、奉納されている絵馬を見て回ることにした。

二人が捜したのは、今年に入ってからの絵馬である。ひょっとすると、木之元勝と田宮あずさが揃って、奉納しているかもしれないと思っていた。もちろん、二人は、別々にである。

先に見つかったのは、木之元勝の絵馬だった。

〈祈る　日本政治の再建　民政党　木之元勝〉

これが、木之元勝が書いた絵馬である。

その後しばらく捜したあと、期待していた田宮あずさの絵馬も、見つかった。

そこには、こう書いてあった。

〈本願成就　私に、力を与えてください。田宮あずさ〉

　これが、あずさの絵馬に書かれてあった文言である。

「木之元勝の絵馬は、将来、総理大臣になって日本を動かしたいという野心の表れでしょうね。問題は、田宮あずさの絵馬のほうで、本願というのが、いったい何のことなのか、それがわかればいいんですが」

　と、亀井が、いった。

「本願の中身がいったい何なのか、確かに気になるね」

「普通に考えれば、二十五歳の独身の女性が本願といえば結婚のことでしょう。それならば、いい人に、巡り合えますようにとか、何歳までに、結婚できますようにとか、具体的に書くのではありませんか？　本願成就という、いかにも硬い表現を使っていることが、私には気になりますね」

　と、亀井が、いった。

　十津川も、同じ気持ちだった。少なくとも田宮あずさの絵馬は、独身女性が、結婚を祈願したものとは、到底思えなかった。

出雲大社に参拝したあと、十津川と亀井は、一畑電車に乗って松江に向かった。一畑電車本社にいき、三枝広報部長に、会いたかったのだ。

三枝は、祭りが、大成功だということで、ご機嫌だった。

十津川たちを見るなり、にこにこ笑いながら、

「今回の祭り期間中に、一畑電車に乗っていただいたり、関連施設に、きていただいたりして、観光客の数は、大幅に増えて、いつもの年の三倍にもなりました。うちとしては嬉しい限りですよ」

「三枝さんに、一つ教えていただきたいことがあるのですが、若い独身のカップルがいます。そのカップルが、島根を訪ねてきて、必ずいくところといったら、やはり、出雲大社ですか？」

十津川が、きいた。

「確かに、出雲大社は、縁結びの神として有名ですから、若いカップルは、よくいきますが、ここにきてもう一つ、カップルがいく場所が、できたんですよ。そちらのほうが、今では、若いカップルにとっては、出雲にきたら、必ずいく場所になったのでは、ありませんかね」

「この近くの神社ですか？」

「ここ松江から、バスですぐの八重垣《やえがき》神社です。素戔鳴尊《すさのおのみこと》が大蛇を退治して、稲田《いなだ》姫と結ばれたという八重垣神社なのですが、一緒にいってみますか？　最近は、願いが叶うパワースポットということで、特に若い女性には、大変な人気になっているんですよ」

と、三枝が、いった。

三枝広報部長の案内で、十津川と亀井は、松江からバスに乗った。バスのなかでも、三枝は、

「最近は、若い女性の恋のメッカと呼ばれているそうです」

相変わらず、嬉しそうな顔で、にこにこ笑っている。

八重垣といえば、素戔鳴尊が詠《よ》んだといわれる歌、

八雲立つ　出雲八重垣　妻籠《ご》みに
　八重垣作る　その八重垣を

で有名な、その八重垣である。

日本最古の和歌とされているが、八重垣神社は、その素戔鳴尊と稲田姫を祀っ

た神社である。

その神社の奥に池があって、その池の周辺は、若者たちでいっぱいだった。確かに、三枝がいっていたように、若い女性の姿が目につく。神の池と呼ばれていて、しめなわが張られている。

十津川たちが見ていると、若い女性たちが、半紙の上に、硬貨を載せて、そっと、池に浮かべている。硬貨の重みがあるので、半紙は沈んでいくのだが、その沈み方が速いと、恋の成就も速い。なかなか沈まないと、婚期が遅れてしまうといわれているらしい。恋占いである。

半紙が沈んでいくたびに、若い女性たちが、歓声をあげている。どの顔も、真剣そのものだった。

亀井が興奮して顔を赤くしている二十五、六歳の女性に、声をかけた。

すると、その女性が、興奮した口調で、

「両親から、いつも、早く結婚しなさいといわれているんです。それでも、なかなかいい人が、見つからなくて、困っていたんですけど、ここにきて恋占いをしたら、自信が出てきました。これできっと、早く、結婚できるわ」

と、いうのだ。

その後、十津川と亀井は、島根県警の横山警部に会った。

4

横山警部と、十津川は、電話でいろいろと話し合ってきている。木之元勝のこと、田宮始の娘のあずさのこと、そして、すでに、殺された五十嵐昭と田宮始のことも、である。

「今回の一連の殺人事件も、八月三十一日に、結末を迎えるのではないか、そんな気がしています」

と、十津川は、横山に、いった。

「八月三十一日ですか。そうなると、決着は、東京ではなくて、こちらでつく感じがしますが」

「そうなるだろうと思っています」

十津川も、うなずいた。

「わかりました。それでは、八月三十一日が近づいたら、部下の刑事たちを、動員して、松江周辺の主な場所に配置しておくようにしますよ」

と、横山が、約束してくれた。

それを確認してから、十津川たちは、東京に戻った。

あと気になるのは、木之元勝と田宮あずさの動きである。

八月二十九日の昼すぎ、田宮あずさを監視していた刑事から、あずさが、東京駅に向かったというしらせが、十津川に届いた。

それを待っていた十津川と亀井、それに、西本たち若手の刑事四人も、わざとばらばらに東京駅に向かった。

東京駅に着くと、あずさは、新幹線で京都に向かった。同じ列車に、十津川と亀井の二人も乗る。もちろん、離れて、気づかれないように、である。

ほかの刑事たちは、一列車遅らせて、新幹線に乗り、携帯電話で、連絡を取りながら、京都に向かった。

京都駅に着くと、あずさは、すぐに、山陰本線に乗り換えた。行き先は、間違いなく松江だろう。

ここまでは、予想どおりだが、新幹線のなかでも、山陰本線のなかでも、あずさは、ずっとひとりだった。誰かと合流するような様子は、まったく見られない。これは、予想外だった。

「あずさは、最近、若い男と、つき合うようになったときいていますが、ここまではひとりですね？　彼氏とは、向こうで、落ち合うんでしょうか？」

亀井が、首をかしげている。

「たぶん、そうだろうと思うが、もしかすると、今回の目的は、彼女の個人的なものだから、ひとりで、何もかも、やるつもりかもしれないぞ」

その日、あずさは、松江市内のホテルにチェックインした。同じホテルに、三田村と北条早苗のコンビが、チェックインして、彼女の動きを見張ることになった。

十津川とほかの刑事は、歩いて十二、三分の距離にある別のホテルにチェックインした。

ホテル内でも、あずさは、ひとりで、夕食を取っていて、依然として、恋人の男は、現れなかった。

翌三十日、ホテル内のレストランで、バイキング形式の朝食を取ったあと、あずさは、ホテルを出て向かったのは、一畑電車のルイス・C・ティファニー庭園美術館前駅である。

その駅で、しばらく、時間をつぶしたあと、あずさは、松江に戻った。

松江市内で昼食を取る。

相変わらず、恋人と思われる男は、現れない。

ただ、その食事の途中で、あずさは、かかってきた携帯電話に、出ていた。

「外から、彼女に電話です」

北条早苗刑事が、十津川に、報告した。

一分にも満たない、ごく短い電話だったという。

「電話で話しながら、あずさは、盛んに腕時計を見ていましたから、もしかすると、恋人と落ち合う場所と、時間を打ち合わせていたのかも、しれません」

早苗が自分の考えを、いった。

昼食をすませると、今度は、松江駅前からバスに乗った。

バスの行き先は、あの八重垣神社だった。

「おそらく、この間、三枝さんが案内してくれた、八重垣神社で、恋人と、落ち合うんだろう」

十津川が、亀井に、いった。

田宮あずさが向かったのはやはり八重垣神社だった。

あずさは、まず、八重垣神社の本殿に参拝したあと、若者たちが、集まっている奥の神の池に向かった。

今日も、若者たち、特に、若い女性たちが群がって、恋占いを、している。

「警部が予想されたように、池の近くで、あずさが、若い男、といっても、おそらく三十代でしょうが、その男と、落ち合いました。二人で、何やら、話しこんでいます」

三田村が、報告してくる。

「その男の写真を撮って、私の携帯に、送ってくれ」

と、十津川が、いった。

その男とあずさも、紙の上に硬貨を載せて、池の縁にしゃがみこみ、水面に、そっと、浮かべている。

その二人を、三田村と北条早苗の二人は、携帯電話で写真を撮った。怪しまれなかったのは、恋占いをしている若い男性や女性たちも、その沈み具合を、バシバシと、携帯電話で撮っていたからである。

あずさの浮かべた半紙が、あっという間に沈んで、あずさが、嬉しそうにはしゃいでいる。

三田村が、撮った写真を数枚、十津川に送った。

5

その頃、木之元勝は、若い秘書二人を連れて、空路、出雲に向かっていた。

十津川も、そのしらせを受けて、

(いよいよ、その日が、やってくるな)

と思い、緊張した。

おそらく明日、あずさが、木之元勝に向かって、何か、仕かけるのではないか。そんな予感がした。

八重垣神社での、恋占いが終わると、あずさと、三十代と思われる恋人は、松江市内のホテルに入り、今度は、二人揃って、チェックインした。

十津川と亀井は、近くのホテルに入り、ロビーで、コーヒーを飲みながら、これから起こるであろうことを予想し、対策を練ることにした。

「田宮あずさが、電話かファックスか、インターネットなどを使って、木之元勝に連絡を取ったことは間違いありませんね」

コーヒーを飲みながら、亀井が、十津川に、いった。

「それについては、同感だ。だから、あずさもここにきているし、今日、木之元勝が、こちらに到着する」

「あずさは、木之元勝に対して、何を、要求するんでしょうか？　それとも、何かを、するつもりなんでしょうか？」

「あずさは、父親を殺したのは、木之元勝だと、考えているのかもしれない。しかし、その証拠がないから、警察に告発することができない。そこで、昔の写真とスッピンの写真の違いを木之元勝に見せつけて、脅かそうと考えているのではないだろうか？　その反応を見るつもりなんじゃないのか？　木之元勝の反応によって、次の行動に出るんじゃないのかな？」

「そうなると、今、あずさと一緒にいる恋人と思われる三十代の男ですが、彼は、あずさの考えに共感して、一緒になって、木之元勝をやっつけるつもりなんでしょうか？」

「もちろん、そうだろう。八重垣神社で、あずさと一緒に、恋占いをしたくらいだから、間違いなく、あずさの味方を、するはずだよ」

と、十津川は、いった。

十津川は、自分の携帯電話に、三田村から、送られてきた二人の写真に、目をやった。田宮あずさと、三十代の男とが、写っている写真である。

突然十津川の目が、険しくなった。

「カメさん、この男」

十津川が、叫ぶように、短く、いった。

「そうです、この男ですが――」

亀井が、同じように、目を険しくしながら、いった。

「この男、前に、どこかで会ったことがあるぞ」

「ええ、私も今、それを、考えていたんです」

「どこだったかな？」

「思い出しました。桜井修に、会いにいった時ですよ、警部」

「そうだ、あの時だ。桜井修の、浅草のお好み焼きの店が引っ越しをするというので、運送会社の人間が、三人きていた。そのなかのひとりだ！」

十津川が思わず、大声になった。

十津川が思い出したのは「立木運送　立木大輔」という名刺をくれた、あの背の高い、若い男である。

ただこの立木大輔が、五十嵐昭と田宮始を殺した犯人だという証拠はまだない。

しかし、またこの立木大輔が、あずさの恋の相手として、ここのお祭りを見るだけのために、松江にきているとも思えなかった。

「証拠がないのに、この立木大輔を逮捕してしまったら、肝心の、木之元勝を追いつめることができなくなる。しばらくは、様子を見るしかないな」

十津川は、自分自身にいいきかせる調子で、いった。

「具体的にどうしたらいいですか?」

と、亀井が、きく。

「まず、県警の横山警部にきてもらおう」

と、十津川が、いった。

電話をすると、横山警部と、ほかに、刑事三人が、すぐに、ホテルにきてくれた。

十津川は、横山に、簡単に事情を説明したあとで、

「私たちは、すでに、顔をしられてしまっています。特に、田宮あずさには、今までに何回も、会っていますから、こちらの顔もよくしっています。このまま近づけば、警戒されてしまうに決まっているので横山さんにお願いがあるのです」

「何でも、いってください」

「ホテルの従業員に化けて、あの二人が夕食を取るために、部屋を出たあと、部屋に入って、盗聴器を、仕かけてほしいのですよ。明日になれば、田宮あずさが、動くと思うのですが、その前に、危険にさらされてしまうかもしれません。盗聴器を仕かけて、危険を察知したら、すぐ彼女を助けたいのですよ」

と、十津川が、いった。

「わかりました。やってみましょう」

と、横山が、いってくれた。

午後七時、田宮あずさと、男が、ホテル内のレストランに入って夕食を取り始めた。

その間に、従業員の服を借りた県警の刑事が、部屋に忍びこんで、手早く盗聴器を仕かけた。

部屋のどこで、突然、あずさが危険にさらされるか、わからないので、居間、寝室、トイレ、バスルームなど数カ所に、小型の、盗聴器が、仕かけられた。

三田村と北条早苗の二人が、同じ階の部屋に入り、十津川たちは、支配人室を借りて、仕かけた盗聴器の会話をきくことに、なった。

午後九時すぎ、夕食を終わった二人が、部屋に戻ってくる。

田宮あずさと男の会話が、きこえてくる。それは、いきなり危険な会話になっていく。

「これは、あなたのことを信用して話すんだけど」

と、あずさが、いっている。

「何でも話してくださいよ。僕は、あなたの力になりたいんだ」

と、男が、いう。

「ありがとう。前にも話したように、私は、亡くなった父の敵が討ちたいの」

「君のお父さんを殺したのが、木之元勝という政治家だというのは本当なの？　間違いないの？」

「絶対に間違いないわ。大体の想像は、ついているの。だって、父が、十九歳で初めて芸能界にデビューした時に、父が所属した事務所は、木之元勝の『プロダクションK』だということがわかって、そのことと、父の頬の傷跡を木之元勝に、話したら、明らかに、動揺していたわ。だから、間違いないと、思っている」

「どんなふうに、木之元勝は動揺していたの？」

「木之元勝はいったわ。とにかく、その件については、電話ではなく、会って、二人でじっくり話し合いたい。自分は、八月三十一日に松江にいき、松江から一畑電車に乗って、出雲大社にいく予定に、なっているから、あなたにも、松江にきてもらい、そこで話をしたい。そういうのよ。おかしいでしょう？　将来、日本の首相になろうという人が、私のようなＯＬに会って、話し合いたいと、いっているのよ。おかしいわ。木之元勝には、何か、後ろ暗いところがあるから、私を、何とかして、説得しようと思っているんだわ。間違いないわ。間もなく総選挙がおこなわれるし、立候補を予定している木之元勝は、自分に、不利になるようなことは、選挙前にすべて押さえてしまいたいと、思っているに違いないんだから」

「それで、木之元勝に会って、どうするつもりなんだ？」

「何とかして、父を、殺したことを白状させてやるわ」

「うまく、いくのか？」

「もちろん、そう、簡単にはいかないかもしれないけど、私がお芝居をして、木之元勝に、あなたから、お金をもらえば、父とあなたとの関係については、絶対に、喋らないことにする。その代わり、大金がほしい。そういってやるわ。お金でいうことをきくようなふりをしてやるの。木之元勝は、大事な選挙前なので、こちらの要求に応じると思うの。それを、録音しておけば、木之元勝が父を殺したことの、証拠になると、思うから、彼を追いつめることができるわ」

「僕は、何をすればいい？」

「私と木之元勝のやり取りを、近くできいていてもらいたいの。もし、木之元勝が、暴力に訴えるような気配があったら、助けにきてください。おそらく、そこまでは、いかないような気がしているんだけど」

「わかった」

「頼んでおいたボイスレコーダーは用意してくれた？」

「ああ、もちろんだ。一番性能のいいやつを買ってきたよ。それを、身につければ、百メートルくらい離れたところでも、僕が受信できるそうだから」

「とにかく、うまくやるわ。絶対に成功させる」

あずさは、興奮した調子で、いった。

6

これで十津川の想像が、当たったことがわかった。

たぶん、明日、松江から出雲大社に向かう一畑電車の電車のなかで、田宮あずさと、木之元勝が、話をするのか、出雲大社前駅で降りて、その後、二人だけで、話をするのかはわからない。

しかし、明日ですべてが、決まるだろう。それは、十津川をはじめ、盗聴していたすべての刑事がわかったことである。

7

八月三十一日、午前中に松江の公民館で、一畑電車の社長、松江市長や木之元勝たちの、講演があった。

その後、木之元勝は、秘書二人を連れて、出雲大社にいく、一畑電車の記念電車に乗った。

その車両には、三田村と北条早苗の二人も乗りこんだが、十津川は、車を使って出雲大社に先回りすることにした。

記念電車は、観光客や地元の人間たちで混んでいるから、そのなかで、田宮あずさを殺すことはできないだろうと、思ったからである。

十津川が待っているところへ、木之元勝たちが乗った電車が、終点の出雲大社前駅に着き、二人が降りてくる。木之元勝の秘書二人と、例の立木大輔と、三田村と北条早苗の二人の刑事も続いて降りてきた。

木之元勝と田宮あずさの二人が並んで歩き、その周りを、秘書や立木大輔、二人の刑事がついてくる。

木之元勝と田宮あずさの二人は、出雲大社に参拝したあと、境内の奥に入っていった。

二人だけの話し合いが、始まった。

それが五、六分続いたあと、木之元勝が突然、咳こんで、その場にしゃがみこんだ。それが合図だったらしい。立木大輔が、二人に向かって、駆け寄っていく。その手には、ナイフが、握られていた。

あずさが、気がついて、悲鳴をあげる。遠巻きに隠れていた刑事たちが、いっせいに、三人に向かって殺到した。

立木大輔が手に持っていたナイフが、叩き落とされる。

茫然としている田宮あずさを、北条早苗刑事が抱くようにして確保し、木之元勝から遠ざける。

木之元勝が、

「何をするんだ！」

と、怒鳴った。

その木之元勝に向かっても、十津川と亀井の二人が、近寄っていって、

「あなたを逮捕しますよ。田宮あずさに対する殺人未遂容疑だ！」

と、怒鳴った。

木之元勝が連れてきた若い秘書二人も、十津川の部下の刑事や、県警の刑事たちが取り押さえてしまった。

8

全員が、出雲警察署に連行された。

尋問が始まっても、立木大輔は、

「木之元勝なんてしらない。俺は、何の関係もない」

と、いい、木之元勝も、

「いったい何が起きたのか、私には、まったくわからない」

と、いい張った。

しかし、田宮あずさが身につけていたボイスレコーダーには、あずさが、木之元勝に向かって、父親を殺したことを責め、木之元勝が、

「そんなこと、私はまったくしらない。いいがかりだ」

と、いい、あずさが、

「父の十九歳の時の宣伝パンフレットと、素っぴんの写真を持っていって、警察に訴えます」

と、脅かし、木之元勝が、そのあと、一千万円で、買収しようとする様子が、一部始終、録音されていた。

もちろん、その後、木之元勝から田宮あずさの殺害を命じられていた立木大輔は、あずさを殺して、そのボイスレコーダーを取りあげるつもりだったのだろう。

それでも、木之元勝は、とぼけて、

「私は、次の選挙に立候補するんでね。いろいろと、根も葉もない噂が出ると、それがデマだとわかっていても、選挙に響いてきてしまうから、怖いんですよ。女に暴力を振るう。そんな噂だって、落選に結びついてしまうことがありますからね。それで仕方なく、金を払って、黙ってもらおうと思ったんですよ。本当

は、私は傷害も、まして、殺人なんか認めていないし、この立木大輔とかいう若者にも、まったく、面識がないんだ」

と、いい張った。

しかし、刑事たちが、捜査を進めていくと、少しずつ、木之元勝の嘘が、ばれていった。

立木大輔の父親が、社長をやっている立木運送を調べた刑事たちによって、立木の父親に金を渡して、運送会社を、始めさせたのが、木之元勝だということも明らかになったし、立木大輔の、二つの殺人事件に対するアリバイも、崩れていった。

行方不明になっていた桜井修も見つかった。

桜井修は、木之元勝と立木大輔が逮捕されたとしると、引っ越しの日、出雲市にいくはずだったのに、突然、立木大輔たち運送会社の三人に、脅かされて、出雲市とは反対の東北に連れていかれ、山のなかの一軒家に、監禁されてしまったと、警察に証言した。

こうした証言や捜査によって、次々に証拠が集まってくると、まず、立木大輔が自供を始め、結局、木之元勝に頼まれて、大金をもらって五十嵐昭と田宮始を、殺したことを告白した。

さらに、田宮あずさに、接触し、彼女に味方するふりをして、彼女の殺害を命じられていたことも、話した。

すべてが終わって、十津川たちは警視庁に帰った。

その後、十津川たちのところに、一畑電車の三枝広報部長からの手紙と、今回のお祭りを記録した分厚い写真集が送られてきた。

手紙には、こう書かれてあった。

〈殺人事件の解決、本当に、おめでとうございます。

今回、一畑電車が主催し、松江市が、後援したお祭りですが、想像をはるかに超えた数の観光客が集まって、盛況のうちに、八月三十一日、無事終了いたしました。

おかげさまで、お祭りが終わったあとも、一畑電車の乗降客は、増えていて、全社挙げて喜んでおります。

十津川様たちには、この一畑電車を応援してくださいまして、誠にありがとうございました。お礼として、一年間通用の優待パスと、松江城と、出雲大社の、招待券をお送りいたします。ぜひ、お出かけくださることを期待しております。

PS　事件は、一畑電車の営業には、まったく影響がありませんでした。

それから、亡くなった二宮啓介さんこと、田宮始さんが、名誉駅長をしてくださいました、日本一長い駅名のルイス・C・ティファニー庭園美術館前駅は、一躍有名になりまして、名誉駅長をやらせてほしいという希望の手紙や申し出の電話が、全国から、殺倒しております。

これもすべて、皆様のおかげと、感謝しております〉

〔この作品はフィクションで、作中に登場する個人、団体名など、すべて架空であることを付記します。〕

本書は二〇一一年六月、小社より刊行されました。

双葉文庫

に-01-114

出雲殺意《いずもさつい》の一畑電車《いちばたでんしゃ》〈新装版〉

2023年10月11日　第1刷発行

【著者】
西村京太郎《にしむらきょうたろう》
©Kyotarou Nishimura 2023

【発行者】
箕浦克史

【発行所】
株式会社双葉社
〒162-8540 東京都新宿区東五軒町3番28号
［電話］03-5261-4818（営業部）　03-5261-4831（編集部）
www.futabasha.co.jp（双葉社の書籍・コミックが買えます）

【印刷所】
大日本印刷株式会社

【製本所】
大日本印刷株式会社

【カバー印刷】
株式会社久栄社

【フォーマット・デザイン】
日下潤一

ISBN978-4-575-52695-0 C0193
Printed in Japan